爱上花花草草

U0140940

杨文忠　邴艳春 编著

江西科学技术出版社

图书在版编目(CIP)数据

爱上花花草草/杨文忠,邝艳春编著.

—南昌:江西科学技术出版社,2009.12

ISBN 978-7-5390-3607-6

Ⅰ.爱… Ⅱ.①杨…②邝… Ⅲ.观赏园艺 Ⅳ.S68

中国版本图书馆CIP数据核字(2009)第206104号

国际互联网(Internet)地址:http://www.jxkjcbs.com

选题序号:KX2009048

图书代码:D09004-101

爱上花花草草

编著 杨文忠 邝艳春

责任编辑/邓玉琼

出版发行/江西科学技术出版社

社址/南昌市蓼洲街2号附1号

邮编/330009　**电话**/(0791)6623491　6639342(传真)

经销/各地新华书店

印刷/深圳市彩美印刷有限公司

版次/2010年1月第1版

2010年1月第1次印刷

开本/787mm×1092mm　1/16　14.5印张

字数/208千

书号/ISBN 978-7-5390-3607-6

定价/24.00元

(赣科版图书凡属印装错误,可向承印厂调换)

／前言：恋上花草生活／

　　家是每个人奔波的终点，无论大或是小；也无论是富丽堂皇，还是简单朴素；哪怕那只是一个"陋室"，我们都需要它，都能用身边的花花草草为它生辉。

　　我搬过几次家。

　　还是孩子时，随着母亲走进茫茫隔壁，去追随父亲。在那里，我们安下了第一个家——地窝子。那是个简陋的地方，灰白色，看不见天空，也没有生机。也在那里，我认识了一种植物——仙人掌。是妈妈将它带到我的身边的，青翠的绿，像手掌，却浑身长满了刺，最美丽的是掌上开着几朵小红花。

　　它是那戈壁上罕见的植物之一。那时，那里鸟儿远离，花儿不愿绽放。我将仙人掌不停变换摆放的位置，看它在哪里会令这个家变得美丽。

　　花儿的鲜艳改变了我眼前的色彩，它装扮了这个简单的家，成为那灰色中的风景。

　　妈妈说，它有着顽强的生命力，才会在这戈壁上开出花朵，让我们的家变得美丽。也会有一天，它会在我们美丽的家里，开出更鲜艳的花。

　　几年后，那戈壁渐渐成为一颗闪耀的明珠，鸟儿来了，花儿开了，仙人掌依然默默守候着。我们也搬离了地窝子，住进了平房。

　　我将仙人掌请进新家，在庭院里搭上葡萄架，等待葡萄藤蔓延；架下有美人蕉羞涩的凝望;庭院前种着白杨树,笔直地挺立着,好似一个战士在守卫着这个新家,风儿吹过,叶子婆娑作响。

又是几年过去,我们搬进了楼房。戈壁早已焕然一新,也是高楼林立了,花儿竞相开放,舞首弄姿,看谁是花中之王?仙人掌带着刺,在四季中常绿。我又带着它住进楼房。阳台上也请来吊兰,眼前是绿色的希望。

如今,我离开了戈壁,在这里安了家,家里也有仙人掌,还有吊兰、芦荟;每每回到家,在客厅、书房、厨房都会看见充满希望与幸福的颜色,它们在悄悄地融化我身心的疲倦。

是的,在这个繁忙的都市,谁都渴望一天的终点可以令自己轻松、舒适;如果回到家里看到绿植、花卉在那等待自己,那将是怎样的心动?

花花草草如人,也有它自己的性格、喜好、特长,如果你期望它美化你的家,净化你的心,那么就需要去了解它;甚至从它的出生开始,直到开花结果。这是一个漫长而需要付出的过程,仿似一个人的成长。

在这里,您就将与我同行,同花花草草亲密接触,逐步了解如何用它们来装扮自己的空间;您也将了解到更多的花卉植物,认识它们,从陌生到熟悉;您还将轻松学会如何栽培这些花卉,如何在家养护。

亲爱的朋友,花花草草也有着各自的品格,在装扮空间时,也在散发着自己的品格魅力;仙人掌的顽强,松柏的坚贞,梅的高洁,菊的淡定……愿你如花草,用自己的独特魅力装扮你的生活,坚守一生。

第 *1* 篇

花花草草 扮靓空间

一. 花花草草的健康空间

1 植物是天然的美化专家

城市内，楼房鳞次栉比，不容易见到绿色的自然景色。不过，我们可以将植物带回家，让它们成为天然的美化专家，来装饰我们的"小窝"。

可为什么说植物是天然的美化专家呢？当然要先从植物的美化效用说起。从感官上，葱郁的枝叶，芬芳的果花，这些都无不令人陶然，给人以清新、柔和、惬意之感。

而且，绿色植物色彩丰富艳丽，形态优美，作为室内装饰性陈设，同许多价格昂贵的艺术品相比更富有生机与活力、动感与魅力。看那含苞欲放的蓓蕾、青翠欲滴的枝叶，为居室融入了大自然的勃勃生机，令单调的居室空间变得活泼，充满了清新与柔美的气息。

专家点评:植物是我们室内的美化专家,由于室内阳光照射时间较短。因此,最好选择能比较长时间耐荫蔽的阴生观叶植物或是半阴生植物为主;而工作繁忙的人可选择生命力较强的植物。

/ 推荐植物:常春藤、海棠、万年青、君子兰等。/

把植物摆放在家中,可以美化环境,让我们健康自然地生活其中。不过,植物的摆放是大有讲究的,正确的摆放才能让我们更愉悦地生活。

首先,要选种适宜。选择植物种类要充分考虑室内较弱的自然光照条件,多选择喜阴的种类。例如:万年青、棕竹、文竹、海棠、兰草、君子兰等。

其次,做到合理配置。室内植物配饰中心一般最佳的视觉效果,是在离地面2.1~2.3米的视线位置。同时,植物的排列、组合也很有讲究。若想增加房间凉意,也可在角落采用密集式布置,产生丛林气氛。当然,叶色的选择应使之和墙壁、家具色彩和谐。

再次,要注意宜少而精。室内摆放植物不要摆得过多、太乱,不留余地;并且,花卉造型的选择,还要结合家具的造型。比如:长沙发后侧,放一盆较高、直的植物,就可打破沙发的僵直感,给人一种高低变化的节奏美。

/ 为你支招:依据客厅风格选择不同的"美化"专家。/

浪漫情怀风格:可选择一些藤蔓植物,比如:常春藤和细叶兰草等植物;此外,沿边布置一盆万年青、千年木等,便可令气氛更加轻松、自然。

古朴典雅风格:可选择树桩盆景为主景,可在屋角放置一盆高大直立、冠顶展开的巴西铁、朱蕉、变叶木之类,而矮几上放置一盆万年青,或是在茶几上放置一瓶轻松的插花。

豪华气派风格:可选择叶片较大、株形较高大的棕榈、橡皮树等,在房间墙壁或是隔板上放一盆藤蔓植物,令枝叶悬挂,且飘然而下,"粗中有细,柔中带刚"的感觉便会弥漫在整个房间。

2 植物是"天然的加湿器"

冬季,人们为保持室温,不会长时间开窗通风,只能生活在使用空调、取暖器的干燥环境中。皮肤干燥,喉咙不舒服,眼睛干涩,种种健康问题都出现了。加湿器虽然可以缓解秋冬季节空气干燥的问题,但不是长久之计。加湿器内部会滋生很多细菌,反而成为危害健康的"凶手"。

其实,很简单。你只要在室内摆放几盆绿色植物就可以了。植物具有调节空气作用,能够影响室内的湿度,改善空气质量。室内植物是如何做到释放水分、调节室内湿度的呢? 绿色植物通过根部吸收的水分,其中只有1%是用来维持自己的生命的,剩下的99%都通过蒸腾作用释放到空气中。更让人吃惊的是,植物竟然能充当"天然过滤器",无论给它们浇灌什么水,植物蒸发出去的都是100%的纯净水!

专家点评:科学研究证明,人生活在相对湿度 40%~60%,湿度指数为 50~60 的环境中最感舒适。

/ *推荐植物:君子兰、掌叶铁线蕨、仙人掌类的植物。* /

仙人掌类植物可以在晚间呼出氧气,在清新空气的同时,还可使室内感觉湿润温和,适合放置在空调室;君子兰可放置在家中的客厅,直接用来调节空气。另外,在室内放置一些热带植物更有利于增加空气的湿度,因为这类植物大多蒸腾率很高。

其实,植物除了能够给我们带来湿润温和的居室环境外,还是检测室内空气湿度的好帮手，比如掌叶铁线蕨，即使在光线微弱的情况下，也能很好地生长，但是在干燥的空气中其叶子会枯萎。所以，如果这种植物生长得很好，就说明室内的湿度正合适。

／为你支招：室内植物是"天然的加湿器"。如果你想提高绿色植物"加湿"作用，最好的办法就是给它们充足的阳光，以增强其蒸腾作用，还有一个方法就是给植物听音乐，好听的音乐也能促进植物的蒸腾作用呢。／

❋ 3 绿色植物让你来呼吸 ❋

绿色植物，维系着生态平衡，使万物充满生机。从化学角度看，它们微妙而准确地反映着我们周围环境的特征与变化，为人们提供许多有用的信息和物质。

这些美丽和平的绿色植物无时无刻不在进行着化学战，它们最为突出的作用，自然就是合成有机物。这个庞大的"吸碳制氧厂"吸取空气中的二氧化碳，在日光和叶绿素的作用下，跟吸收的水分产生反应，形成葡萄糖，同时释放氧气；接着葡萄糖分子形成淀粉；淀粉在树叶里受酶的作用时又分解成葡萄糖。如此，绿色植物就依靠自身完成了用无机物合成有机物的过程。

绿色植物作为地球上最大的氧气和有机物的制造厂，这个看似简单的化学反应的意义是十分重大的。它为我们带了清新的空气，让我们时刻感受到大自然的魅力。

专家点评：绿色植物不仅可以美化环境，更重要的是它们可以净化空气，特别是将它们放在新装修完的房间里，或是放在办公室里，其效果可谓是一举两得。

／推荐植物：虎尾兰、常春藤、万年青、芦荟、吊兰等。／

虎尾兰,白天能释放出大量的氧气。

吊兰,则能释放出杀菌素,杀死病菌。如果将足够的吊兰放于房间里,24小时之内,80%的有害物质就会被杀死;而且吊兰还可以有效地吸收二氧化碳。15平方米的居室,栽两盆虎尾兰或吊兰,就能保持空气清新。

常春藤和普通芦荟,不但能对付从室外带回来的细菌和其他有害物质,还可以吸纳连吸尘器都难以吸到的灰尘。

/ 为你支招:室内空气中的粉尘分为两种,一种是降尘,由于颗粒较大,一般会自然降落到地面;而另一种叫飘尘或可吸入颗粒物,颗粒较小,总是处于悬浮状态。香烟烟雾就属于后一种,在室内摆放的绿色植物是对付这些细小微粒的有力"武器"。飘尘上带有电荷,若接近不带电的植物时,就会被吸附在植物表皮上。因而,在香烟烟雾较集中的地方,可多放些绿色植物。另外,还应经常用喷壶冲洗或擦拭叶面,这样吸尘效果会更好。/

4 绿色植物助你放轻松

现代社会中,人们时常扮演多重角色,常承受着无形压力。巨大的工作压力,繁忙的事务,紧张的气氛,总是让人们喘不过气来,而绿色植物可以很好地缓解这些紧张感。

"一花一世界,一叶一菩提",绿色是森林的主调,富有生机,可令人联想到新生、青春、健康与永恒。淡淡的绿色有助于消化和镇静,促进代谢平衡,为人们带来明朗愉悦的心境。

使紧张的情绪得到放松,以轻松心态投入工作学习。

而且绿色植物还可以释放负离子,调节电脑附近失衡的正负离子群,防止电脑族们因植物神经失调而出现抑郁等不良情绪。

专家点评：放松心情、减轻压力，是在室内养植绿色植物最重要的作用。通过观赏那些生机勃勃的绿色植物，可使人的身心得到充分的放松和调节，因此对于平时工作压力较大的上班族最为适合了。

/ 推荐植物：老鹳草、石竹等。/

老鹳草、石竹都是帮助人们放轻松的适合植物，其香味具有调节情绪的功效。

老鹳草所散发出来的气味可在无形中增强你的意志，改变优柔寡断的作风令你充满自信。而石竹的香味还可增强记忆力，有利于更好地接受外部信息。

/ 为你支招：在感到情绪紧张、烦躁时，不妨转移一下注意力，为自己心爱的植物施施肥、浇浇水、剪剪枝，这样能对心理起到最佳的"按摩"效果。特别是对于老年人，摆弄摆弄花草，看看有关养花的书，再好好研究一下，不但有助于排除孤寂感，增加生活情趣，还可以有效防止老年痴呆症的发生。/

5 绿色植物怡性情

绿色源于大自然，树木、花卉、绿叶能给生命注入活力，能为生活增添情趣。将大自然景观微缩引入居室，将给居室带来无限的生机，而这对于长期脱离大自然的城市居民来说尤其重要。因为，它能在一定程度上满足人们"回归自然"的心理需要。

那么，从现在开始，选择一棵你每天都可以看得到的绿色植物去照顾吧，无论是在家里还是在办公室，你可以向花草诉说你的压力和不快，告诉它你有多么喜欢它,真心地去爱护它,当你向花花草草无条件地表达你的爱时,你就会变得不再狂躁不安,渐渐地安静下来,以一种宽容、充满爱心的心态去看你周围的人和事物。

专家点评:种养一棵植物,一定要结合自己的性情去选购,这样才别有情趣,你也会更加用心地去照顾它,因为它就像是你的一个影子,比如你是一个热情奔放的人,不妨养盆茉莉花,茉莉花素洁、浓郁、清芬,非常适合你的。

/ 推荐植物:岁寒三友 (松竹梅)、四君子 (梅兰竹菊) 等。/

松柏:"松柏经隆冬而不凋,蒙霜雪而不变"。苍劲耐寒,象征坚强、刚毅、坚贞不渝。

竹:虚心有节,象征谦虚礼让,气节高尚。

梅花:明代徐徕《梅花记》有"或谓其风韵独胜,或谓其神形具清,或谓其标格秀雅,或谓其节操凝固",象征高洁。

兰:居静而芳,象征高风脱俗、友爱深情。

菊:傲霜而立,象征离尘居隐、临危不惧。

/ 为你支招:花是一种美好和幸福的象征。在闲暇时间里,可以种植一些色彩鲜艳的花卉,能使人眼目清亮,心旷神怡,调剂精神生活。/

❋ 6 绿色植物帮你赶走疲劳 ❋

上班族工作压力较大,身体很容易疲劳。特别是对于那些每天至少有 8 个小时是在办公室里度过,且几乎都面对电脑的上班族更是如此。还会出现许多不适症状,如胳膊或肩膀酸痛、眼睛干涩等。

眼睛因屏幕的辐射,加上看电脑时注意力太集中,眨眼的机会少,时常产生的不适症状包括:眼皮沉重、眼干涩、酸胀、疼痛、异物感、畏光、流泪等。

一般而言,绿色在视野中如果占据 25%,就能消除眼睛的生理疲劳;注视绿色植物可以使视觉疲劳和眨眼次数明显减轻和减少,从而有效缓解眼部疲劳,并可预防眼睛干燥症的发生。

总之,绿色植物经常出现在视线范围内,可以悄悄地为你的身体做一次舒服的按摩。

专家点评:长时间坐在电脑前工作,看看绿色可以缓解眼睛疲劳,同时对着这些清新怡人的植物做几个深呼吸,清香的气味还可清醒头脑,让人不再昏昏欲睡。

/ 推荐植物:吊兰等。/

吊兰是最适合上班族摆放在电脑屏幕旁的绿色植物。它的适生温度为15～25℃,冬季室温不得低于5℃,高温时应注意尽量避免强光直射。

经常保持盆土湿润,在干燥的季节可向叶面喷水或喷雾,以防止叶尖干枯或叶色泛黄。在夏、秋季盆土宜偏湿一些,冬季室内保温防寒,盆土宜偏干。

/ 为你支招:仙人掌(球)可抗辐射,如果在你的计算机旁放置一、两盆仙人掌(球),能帮助人体减少吸收计算机所释放出的辐射。/

7 室内摆放多少植物才算合适

绿色植物在白天放出氧气、吸入二氧化碳等气体,而到了晚上则是吸入氧气,排放二氧化碳。如此这样是否会在某种程度上又造成污染? 那么,在室内摆放多少植物才算合适?

在室内合理摆放植物有利于人体健康,是毋庸置疑的。净化空气,增加空气湿度、吸尘杀菌等等都是植物的功劳。那么,是不是摆放的植物越多越好呢?当然不是,摆放植物要根据房间面积的大小选择,植物净化室内环境和植物叶面的面积有直接关系。通常在房间内,每10平方米面积放1~2盆花草,就可达到清除污染、净化空气的效果。

专家点评:室内植物的摆放不是随意的,植物的摆放要充分考虑到室内的功能,像卫生间、书房、客厅、厨房,由于装修材料不同,污染物质也不同,所以选择的植物叶不同。

客厅是接待客人和家人聚会的地方。因此,不宜在中间摆放高大的植物,而花卉品种的数量也不要太多,可只用几株点缀即可。

卧室是人们休息的地方,最好不摆放植物。若要摆放,一盆即可,以免影响睡眠质量。

书房是读书和办公的场所,选择植物不宜过多,以免干扰视线。

厨房的温度变化较大,植物应选择实用性强的蕨类植物。

至于卫生间,其环境比较潮湿、阴暗,适合羊齿类植物生存,为了避免植物被水淹也可选择悬挂式的植物,当然,摆放的位置越高越好。

/ 为你支招:在购买植物之前,应先大致了解你要买的植物,比如,吸收何种污染,优点有哪些?缺点有哪些?适合摆放在哪里?然后定出购买清单。购买时,要跟商家讨教养护经验,包括喜阴喜阳、施肥、浇水频率等方面。花卉市场的植物摆放主要是落地摆放、盆栽、悬挂三种,在购买之前,应结合自己家里的实际情况,确定好各房间的植物摆放形式、位置和数量,切勿盲目购买。/

8 室内不宜种植的花卉有哪些

随着生活水平的逐渐提高,种植花卉的人渐渐多了起来。千姿百态的花卉为人们的生活带来了美的享受,若在室内适当摆些花卉,既可增添温馨气氛,又有益于身心健康。

但是并非所有的植物都适宜在室内放置。挑选室内植物,必须分辨,把有益健康的请进门,千万不要把"毒"花带回室内。

专家点评:室内种养几盆花草,可以美化居室,有效净化室内空气,有益人体健康。但若不注意室内养花的宜忌,会影响身体健康。一些带有毒素的花卉等绝对不能在室内摆放。

/ 不适宜植物:夹竹桃、一品红、郁金香等。/

夹竹桃:每年春、夏、秋三季开花,它的茎、叶乃至花朵都有毒,其气味若闻得过久,会使人昏昏欲睡,智力下降。另外,它分泌的乳白色汁液,若误食会中毒。因此,一定要谨慎。

一品红:全株均有毒,尤其是茎叶里的白色汁液会刺激皮肤红肿,引起过敏反应,若误食茎、叶,有中毒死亡的危险。

郁金香:此花花朵含有一种毒碱,接触过久,会使毛发脱落加快。

/ 为你支招:在平时种养花卉时,要注意不要把过于浓艳刺目、有异味或香味过浓的植物带回室内;另外,体质较为敏感的朋友可能极易对花卉产生过敏反应,更要注意了。/

❋ 9 卧室内不宜摆放的植物有哪些 ❋

植物虽是点缀家的最好装饰品。不过,在卧室内摆放植物是大有讲究的。我们每天三分之一以上的时间要在卧室度过, 人在这期间大约要呼吸 7000 次,而通过的空气量约有 2400 升。那么卧室内适宜摆放花卉植物吗?

卧室最好不要放花。卧室内绿色植物越多,植物呼出的二氧化碳就越多,再加之睡觉时关闭门窗,室内空气不流通,就会使人长时间处于缺氧的环境,很容易造成持续性疲劳,难以进入深度睡眠,长此以往会影响健康。

另外,有些花会对睡眠及健康产生危害,更不可放在卧室里。

专家点评:研究睡眠的专家指出,卧室摆放植物不利人的夜间睡眠,其原因就是夜间植物放出二氧化碳,从而形成与人共争有限氧气的局面,氧气减少,自然影响睡眠。

／卧室内不适宜摆放的植物:丁香、兰花、百合花、夜来香、月季花等。／

兰花、百合花等:这些花香气过浓,使人神经中枢兴奋,久闻可引起头晕,甚至引起失眠。

夜来香(包含丁香类):在夜间停止光合作用后会排出大量废气,这种废气闻起来很香,却对人体健康不利,若长期把它放在卧室内,则会引起头昏、咳嗽,甚至气喘、失眠。

月季花:香气使人胸闷甚至会引起呼吸困难。

／为你支招:当需要摆放绿色植物装点卧室时,可摆放少量富贵竹之类水培植物,或是小巧玲珑的仙人掌科植物。仙人球等可 24 小时释放氧气,喜干旱、喜阳光,只需一个月到半个月浇一次水即可,是最适合室内养植的植

物；不要选购那种经常需要浇水的喜阴类植物。／

✿ 10 老人、孩子室内不宜摆放的植物 ✿

家中植物的摆放是为了美化空间、净化空气，同时，还要考虑到家庭成员的状况，要特别关注家中的老人、孩子，有一些植物是不适宜摆放的，那样会对他们的健康产生危害。

专家点评：老人体质较弱，某些花草植物会引发他们的某些疾病，应慎重；而小孩，由于年龄尚小，好奇心较重，因此要注意别让他们去触摸或误食有毒的植物。

／ *老人、孩子室内不适宜摆放的植物：松柏类的花卉、含羞草、龙舌兰等。* ／

松柏类的花卉或盆栽会散发松油气味，刺激人的中枢神经，若吸入时间过长，会使人感到头痛恶心，影响人的食欲，特别是对老人的慢性支气管炎和哮喘病有一定的刺激性。

孩子们最爱触弄的，能一触即"羞"的含羞草含有的羞草碱是一种毒性较强的有机物，应让它们远离孩子的视线；还有之前提及的有毒植物，都含有一些对人体有害的毒素，也要注意不要让小孩子掰弄，误嚼误食。

龙舌兰的浆液可能会引起接触性皮炎，也不可随意把玩。

／ *为你支招：老人、孩子居室宜以整洁、卫生、安全为原则，避免放置花草或其他可能对老人、孩子产生危害的东西。一般而言，室内不要放植物，可以在客厅放一盆金橘或水仙之类的植物，仙人掌等带刺植物则不宜放在客厅中。* ／

❋ 11 准妈妈室内不宜摆放的植物 ❋

有些花香能刺激孕妇神经,还有些花粉能引发过敏。因此,孕妇室内养花要谨慎!

强烈的花香有可能刺激孕妇的神经,引起头痛、恶心、呕吐,并影响她们的食欲,严重的还可能导致胎儿不安,甚至流产。

所以,孕妇在怀孕初期,最好少接触一些有浓烈气味的鲜花,最好不要在卧室摆放此类花草。

另外,花粉一般都含有某些化学成分,如果落到皮肤上或被吸入呼吸道,就可能引发过敏。

专家点评:孕妇在家中或者办公室中应该选择合适的植物,以免对孕妇及胎儿造成不良的影响。

/ 准妈妈室内不宜摆放的植物:松柏类花木、夹竹桃、兰花、百合花、月季花等。 /

松柏类花木:包括玉丁香、接骨木等,其芳香气味对肠胃有刺激作用,不仅影响食欲,而且会使准妈妈感到心烦意乱,恶心呕吐,头晕目眩。

夹竹桃:分泌出一种乳白色液体,接触时间一长,会使人中毒,出现昏昏欲睡、智力下降等不良反应。

兰花、百合花:其香气会令人过度兴奋,影响准妈妈的睡眠质量。

月季花:长期放在室内,散发出的气味,会引起准妈妈气喘烦闷。

/ 为你支招:一般来说,有孕妇的家庭可以养芦荟、仙人掌等,因为这些植物香气清淡,白天晚上都能释放氧气,对空气调节有一定作用,特别是芦荟

更能在一定程度上吸收一些室内有害物质，如甲醛等，益处多多。

✽ 12 病人屋内不宜摆放的植物 ✽

病人，本身体质弱，不可与健康人相比，而有些花草、植物虽然外观美丽动人、香味迷人，却是诱发某些疾病，甚至加重疾病的根源，对于这些植物我们就要加倍小心了。

另外，花盆中的泥土产生的真菌孢子会扩散到室内空气中，可能引起人体表面或深部感染，也可能侵入人的皮肤、呼吸道、外耳道、脑膜及大脑等部位。这些对原本就患有疾病、体质不好的人来说，也如雪上加霜，尤其对白血病患者和器官移植者危害更大。

专家点评：看望病人时，我们习惯带上一束鲜花，特别喜欢送给病人一些香气浓烈的花，比如郁金香，以为是不错的选择，其实恰恰相反。这些植物开花时会释放出生物碱等物质，而长时间身处此种气味中，人会头晕、胸闷，尤其不适宜高血压、心脏病人。

／病房内不适宜摆放的植物：紫荆花、夜来香、百合、郁金香、水仙等。／

紫荆花：若人体与此花散发出来的花粉接触过久，会诱发哮喘症或使咳嗽症状加重。

夜来香（包括丁香类）：闻之过久，会使高血压和心脏病患者感到头晕目眩、郁闷不适，甚至病情加重，其花粉有致敏性，哮喘病人不宜。

百合：虽美又香，但其香味会令人的神经过度兴奋。因此，家人若神经衰弱，不宜选择百合。

水仙：香气袭人，也会令人的神经系统产生不适，时间一长，特别是在睡眠时吸入其香,人会头昏。

/ 为你支招:有病人的家里要养植物,一定要先了解相关的家庭保健常识,切勿仅仅为追求赏心悦目,而造成健康受损! /

❋ 13 最适合在室内摆放的绿色植物 ❋

绿色植物可为居室带来勃勃生机,那么如今的家庭最适合或是说最需要摆放什么样的绿色植物呢?

尽管都在提倡用环保材料装饰,可是有些室内装修污染是不可避免的,这样一些可以吸收有毒化学物质的植物成了室内最受欢迎的植物之一。

此外,植物的杀菌功效、室内温度及湿度的调节功效也是人们关注的焦点。

专家点评:什么样的植物最适合在室内摆放呢?当然,这要考虑它的观赏性、实用性、安全性,只有三者兼具的绿色植物才最适合在室内摆放。

/ 室内最适宜摆放的植物:旺气植物、吸纳植物。/

旺气植物:常年绿色不败,叶茂茎粗,挺拔易活,看上去总是生机勃勃,气势雄壮,他们可以调节气氛,起到增强环境气场的效果,令室内健康祥和。主要有大叶万年青、巴西木、棕竹、富贵树、阔叶橡胶等。

吸纳植物:与旺气类植物相差不多,它们也是常年绿色植物,最大的功用是可以缓慢的吸收环境场中对人体有害的气体。主要有山茶花、小桂花、紫薇花、石榴、凤眼莲、小叶黄杨等。

／为你支招:夏季,人们常被蚊虫困扰,养点植物就能巧妙驱蚊。蚊净香草是被改变了遗传结构的芳香类天竺葵科植物,它散发出一种清新淡雅的柠檬香味,在室内有很好的驱蚊效果,对人体却没有什么毒副作用;温度越高,散发的香味越多,驱蚊效果也就越好。／

❉14 新居应摆放哪些绿色植物

新房装修完工后,在相当长的时间内,有害化学气味将不断地散发出来,危害住户身体健康。这时,许多住户自然想到了用绿色植物来"吸毒"。那么,哪些绿色植物能更有效地吸毒呢?

我们先了解一下新房从装修到完工,都存在哪些有害气体。通常,新买家电、装潢板材、塑料制品、涂料、油漆等,都会产生和散发一些有害气体。这些有害气体一般包括:甲醛、一氧化碳、二氧化硫、乙烯、过汞蒸气、氧化氮、铅蒸汽、硫化氢、苯、二甲苯乙醚等十几种。

这些异味和有害气体,常常会使人产生头痛、头晕、眼花、流涕、乏力、失眠、胃部不适、食欲不振及关节疼痛等症状,因此人们习惯称这些有害气体为"毒气"。

专家点评:新房摆花、养花要根据实际需要选择品种,一般应遵循不释放有害物质、易于养护、香气平和、数量适宜等原则。不过,绿色植物虽然具有较好的净化空气效果,还应配合开窗通风,更新室内空气,这样效果更佳。

／新居适宜摆放的植物:芦荟、铁树、金橘等。／

芦荟:喜阳,更适合放置在明亮的地方,才能发挥其最大功效。芦荟白天释放氧气,夜里还可吸收房间里的二氧化碳。在 24 小时照明的条件下,可以有效吸收空气中所含甲醛。据测试结果显示，一盆芦荟大约能吸收 1 立方米空气中 90%的甲醛。

铁树：能净化二氧化硫、过氧化氮、乙烯、铅蒸等有害气体，还可有效分解存在于地毯、绝缘材料、胶合板中的甲醛和隐匿于壁纸中对肾脏有害的二甲苯。

金橘：对家用电器、塑料制品散发的气味有一定的吸收作用。

／ *为你支招：装修开始就可以摆放绿色植物，并且装修完工后，先让绿色植物"居住"新房 1～2 个月。* ／

二.花花草草的美丽空间

1 花卉空间布置的基本原则

　　花卉绿植布置的可塑性强,具有立竿见影的显著效果。如果掌握了一些不易出错的布置原则,则能真正达到美化空间的效果。

　　在我们着手用花卉布置前,应以空间的整体感觉作为出发点,决定所要营造的空间气氛和摆放的位置。在布置前,心中有基本的考虑,接下来才是花卉的选材、色调的搭配,以及想要表达的形式结合。

　　专家点评:花卉布置需要掌握"大处着眼,小处着手"的基本原则。在着手布置之前,可以先仔细观察一下空间之中大面积的表现为何物。比如:墙面的颜色、窗帘的图案、家具的样式等,这能在花卉布置时,提供丰富且精确的灵感与依据。

花卉空间的布置有以下几个原则：

第一，美学原则。

依照美学的原理，通过艺术设计，明确主题，合理布局，分清层次，协调形状和色彩，才可收到清新明朗的艺术效果，使绿化布置很自然地与装饰艺术联系在一起。为了体现室内绿化装饰的艺术美，必须通过一定的形式，使其构图合理、色彩协调、形式和谐。

另外，室内绿化装饰植物色彩的选配还要随季节变化以及布置用途不同作必要的调整。

第二，实用原则。

室内花卉装饰必须符合功能的要求，要实用，这是室内花卉装饰的另一重要原则。要根据花卉布置场所的性质和功能要求，从实际出发，做到花卉装饰美学效果与实用效果的统一。

/ 为你支招: /

以小面积色调取决花色。

一般而言，我们观察的色彩是判断空间风格的第一印象，而这也是决定花卉空间布置的最大参考依据。

如果你对于花色的选用仍没把握，不妨在客厅的沙发、地毯或是窗帘布、卧房里的床柜中找寻最大面积的主色调。若属于暗色调，则利用明亮丰富的花材搭配作为中和最为适当；若是淡色调，则可以不受限地使用淡色或鲜艳的花饰加以渲染，展现出截然不同的空间韵味。

空间风格左右花卉绿植形式。

空间的形式、风格也会左右花饰的样子。简约的空间，选择较为淡雅的花色,并且运用单一的花材,若花团锦簇则可能打破原有空间的风格,反而得不到美化的效果;较为复杂的空间,则花卉的用量与用色不妨稍微增加,不过前提是:空间面积必须够大,布置起来才不会令人感觉压迫。

✲ 2 根据室内环境特点布置花卉 ✲

居室布置中,观叶植物的巧妙运用,在不经意间流露勃勃生机,让人不时地体会到生活的乐趣。

室内可用花卉装饰的地方,一般是窗台、墙壁、茶几等处。首先应考虑窗户的位置、结构与外表,同时根据白天从窗户进入室内光线的角度、强弱及照射面积来决定花卉品种和摆放位置。

室内茶几适于摆放株形秀雅的观花或观叶的常绿花卉,比如:兰花、马蹄莲、文竹、花叶芋、合果芋、银星万年青等。

此外,利用吊盆花卉美化装饰室内,是充分利用空间,发挥植物立体美的布置形式。所选的花卉应以矮小多姿为主,比如:常春藤、金银花、络石等,枝叶沿盆沿下垂可达 1 米左右,生长繁茂,吊于窗前如同窗帘布幅;吊兰可悬于书橱、墙角,那翩翩起舞的美姿,会使你感到室内充满生机。

专家点评:室内花卉装饰布置时要根据室内结构、建筑装修和室内配套器物的风格,选配合乎经济水平的档次和格调,使室内"软装修"与"硬装修"相谐调;根据室内环境特点及用途选择相应的室内观叶植物及装饰器物,使装饰效果能保持较长时间。

／专家建议:根据房间的面积和形状布置花卉。／

室内装饰植物的选择应根据房间和家具的形状、大小来选择。如果房间较狭窄,就不宜种植高大、面积过大的植物,像棕竹等,也不宜种过多的悬挂植物,以避免产生拥挤压抑的感觉,而应考虑多种一些叶片细小、植株低矮的植物,比如:蕨类植物。

如果房间面积较宽敞,则可选择些植株较高大的热带植物来装饰房间,比如:龟背竹、棕榈等。墙壁上可利用蔓性和爬藤植物作为背景,天花板也可用些垂悬花卉。

为你支招:花卉应放在"最佳视点"上,比如:餐桌和沙发是人们经常休息的地方,盆花安放时就应考虑这些位置的最佳视点;而悬吊植物其悬吊的长度、位置也应讲究。

3 根据室内温度选择花卉

气温是影响花卉生长的重要条件。多数花卉生长的适宜气温是 10～25℃ 之间。气温过高会使花卉体内蛋白质凝聚变性,破坏叶绿体,并且养分消耗增多;而气温过低则会使花卉细胞原生质活力降低,根的吸收能力减弱,轻者使花卉受到伤害,重者则会导致死亡。

为了避免这些现象,我们可以根据室内的温度高低,去选择合适的花草来种植。特别是冬季,如果不了解花卉越冬的温度,随意将某一种花卉请进屋中,很可能使得它们无法平安越冬。

菊花、万年青、牡丹、梅花、石榴、海棠等属于耐寒花卉,原产地在温带及寒带地区,一般能耐 -3～5℃ 的短期低温,在 5～10℃ 便能生长,10～25℃ 生长繁茂。

棕竹、铁树、蒲葵等是喜温花卉,一般在 25℃ 以上生长茂盛,在 10℃ 以下,则表现出生长缓慢,在 5℃ 以下进入休眠。

白兰花、扶桑、茉莉等要在 6~10℃ 才能安全越冬。

仙客来、吊钟海棠、天竺葵等不能低于 10℃,而鸡蛋花、一品红、玻璃翠,多肉质花卉的仙人笔、昙花、令箭荷花、龙舌兰等室温不能低于 12℃。

专家点评:选对了花卉的种类,平日里就不用浪费过多的时间和精力来考虑温度的问题。但环境、光照、通风、浇水等问题还是需要细心对待的。根据植物的不同生长特点,以及房间的朝向、光照时间来养植花卉。

/ *专家建议:根据室内温度选择花卉。* /

一般来说,冬季室内没有取暖设施的地区,室内温度只能维持在 0~5℃ 左右。这样的居室可以选一些稍耐低温的花卉,比如:铁线蕨、天竺葵、橡皮树、棕竹、常春藤、天门冬、绿巨人、鹅掌柴、南洋杉等,这些花草稍耐寒,在这样的温度里能长势良好。

室内温度若可以保持在 8℃ 左右,除了可选择以上花卉外,还可以种植发财树、君子兰、绿萝、凤梨、巴西铁等观叶植物。

若室温能维持在 10℃ 以上的家庭,可选择的范围就更大了。红掌、仙客来、海棠、鸟巢蕨、三角梅、万年青等均可选择种植。

/ *为你支招:可以将花卉放在有光照的窗台、阳台上培养,以保证充足的光照。此外,还要注意浇水,盆土不能过干过湿。在低温环境下,盆花生长缓慢,对营养的需求也渐渐减少,这时要少量施肥,以维持营养即可,千万不能大肥大水的浇灌,以避免根部霉烂,发生病变。* /

4 巧妙配置室内装饰花卉的色调

花卉的色彩搭配也是奥妙无穷的,通过巧妙搭配,便可以凸显家中别致之处,也可以掩饰你满意却无法改变的地方。

在家居布置中,我们可以利用花卉色彩的特性来改变我们的居住空间,让色彩在空间中无限地蔓延,协调房间装饰的整体感觉。

专家点评:不同的色调会给人们带来不同的感受。暖色调的红、橙、黄,可使人联想起熊熊的火焰与暖暖的阳光,给人以热烈、兴奋、温暖的感觉;而冷色调的蓝、绿色,会使人仿佛置身于大海和森林中,感觉凉爽、平静。

/专家建议:色调要搭配。/

绿色和白色或土黄色搭配会给人十分协调、清新的感觉。

将紫色与蓝色、灰色搭配,给人以豪华感。

若用黄色来点缀紫色调的房间,将会充满雅致和宁静感。

当粉红色与米黄色走在一起,幸福的甜蜜感就会油然而生。

黄色遇到灰蓝,不仅和谐,而且充满跳跃感。

将黑、白、灰与蓝或粉红、金、银色组合,可产生透明感、立体感与华贵感。

/为你支招:花卉布置时应考虑色彩,既要协调,也要对比。布置时根据房间的墙壁、天花板、地板以及家具和其他摆设物的色彩来选定植物。若房间色调偏冷,则可考虑放些暖色调的花卉,如此一来可增强房间的热烈活泼气氛;若房间色调过暖,则可布置些冷色花,给人一种安详、宁静的感受。/

✿ 5 根据不同季节采用不同花卉来装饰居室 ✿

一年四季,季节分明,每一个季节都有应时的花卉。利用花卉装饰居室要充分体现季节的变化,与自然相协调。也就是说花卉装饰时应考虑树木花草的季相变化,使家居景观应春、夏、秋、冬四季而变换。

春季应突出春意盎然,注重植物叶色与春花植物合理搭配;夏季则以夏阴浓郁为主,注重植物自身的形态、凉意效果;秋季应侧重秋果、秋实、秋色,注重植物的色彩和果实形态等的变化,并点缀叶树;冬季则宜突出清爽与常青,以常绿的松柏等植物与落叶植物巧妙配置而形成丰富的疏密错落的空间内容。

如此既能给人美的感受和联想,又能使人从花卉的生长变化中感受到四季的变换、时间的流逝和生命的兴盛衰亡,增加人们对自然的感知以及视觉、感观上的刺激。

专家点评:居家花卉的装饰要将常绿和落叶植物、喜光和喜阴植物,以及不同花期的花卉搭配起来,保证月月有花,四季花盛,给人们带来愉悦温情,达到美化生活的理想效果。

／专家建议:一年四季的花卉选择要有不同。／

一年之计在于春,春季万物复苏,空气里弥漫着青草的味道,我们可以用迎春花、梅花等装饰我们的居室,营造出春意盎然的气氛。

炎炎夏季,花卉装饰则不宜使用浓烈色彩的花卉,而适宜采用青翠的观叶植物做主体进行装饰。比如文竹等;然后适当点缀一些素雅的香花植物,从而创造一个清新凉爽的环境;若栽培一些热带性的多浆花卉,比如仙人掌、芦荟等,则可增添一些异域风情。

秋高气爽,菊花当之无愧是秋的象征,还可以使用秋兰或观果植物,体现出硕果累累的金色景象。

寒冷的冬季,万物凋零,家居花卉装饰当然不能选用冷色调,可使用暖色调,以达到一种温暖如春的感觉,比如:仙客来等。

　　/ 为你支招:如果在冬季选购花卉,选购好的植株要用纸等物品裹扎好,以避免冻害和碰伤。/

❋ 6 美丽惊艳的玄关 ❋

家居装饰如同行文,拥有一个好的开篇非常重要。你可以紧闭卧室的门,可以谢绝客人参观你的沐浴空间,可玄关是进出住宅的必经之处,也就是整个文章的开篇,你无法关住玄关。

在玄关处摆放植物对整个家庭的外观形象有着至关重要的影响。通过绿色植物、花卉装饰可以打造美丽惊艳又不失柔和温馨的玄关!

　　专家点评:玄关是大门与客厅的缓冲地带,对玄关进行花卉装饰可为家居带来曼妙风情,还可起到基本的遮掩作用;可以说,这在整个家居房间装饰中能起到画龙点睛的作用。

　　/ 推荐植物:以常绿赏叶植物为主。/

摆放在玄关的植物宜以常绿赏叶植物为主,比如:铁树、发财树、黄金葛及赏叶榕等。至于带刺的植物,比:仙人掌、玫瑰、杜鹃等切勿放在玄关处。另外,配合灯光的特点,许多大型植物、树木等设计,都适用于玄关。

玄关处的植物必须保持常绿,若有枯黄要尽快更换。

/ 为你支招:玄关与客厅可以考虑摆设同种类的植物,以便于这两个空间的连结,在视觉上构成一种整体性和互通性。/

✲ 7 绿色有品味的客厅 ✲

客厅是家庭中最常放置植物的空间,也最具视觉效果。

客厅植物的放置可在无形中流露出主人的性格特征:鹅绒质的形状使人温柔;蕨类植物的羽状叶给人以亲切感;竹造型体现着坚韧不拔的性格;铁海棠展现出多刺茎干,让敬而远之;而兰花居静芳香、风雅脱俗。

客厅植物的选择方面要力求明快大方、典雅自然,有温馨丰盈、盛情好客的感觉。以高低错落的自然状态来协调家具单调的直线状态,注意大小的搭配;在数量上不宜多,太多不但显得杂乱,而且对植物生长也不利。

专家点评:客厅选择装饰植物,一方面要注意植物选择要符合客厅的装饰风格;另一方面用植物装饰客厅时要考虑植物的高度,和谐统一,比如选择盆花装饰桌子时, 应选择植物高度为桌子对角线长度的三分之一 (包括盆高)。另外,还要注意两点:一是放置植物的地方,勿阻塞走动的通道;二是花卉的布置应尽量靠边,以便于人们走动,客厅中间不宜放高大的植物。

/ 专家建议:大、小客厅植物摆放要因地制宜。/

如果客厅空间较大,可摆设挺拔舒展、风姿绰约、造型生动的植株。比如:在大客厅里,沙发旁或闲置空间旁,可放置大、中型的棕竹、苏铁、橡皮树或凤尾等观叶植物。

如果客厅的面积不大,即中、小客厅里,植物装饰宜简洁、美观,要体现出绿色与动感。摆放花卉不宜过高,摆放时应尽量靠边,不要挡道。比如:可选用中、小型的常春藤、鸭跖草等藤蔓类植物。

/ 为你支招:现在不少家庭在客厅里设置壁炉,冬天在壁炉里燃烧炭火会令人感觉温暖,在其他季节里,利用植物布置空洞的壁炉也是很好的装饰。壁炉光线通常不足。因此,宜选择喜阴凉的观叶植物或季节性观赏花卉。/

❋ 8 飘色有余香的餐厅 ❋

除了客厅以外,餐厅也是家居活动中重要的聚会场所。通过植物装饰创造出一个幽雅、清新、气氛和谐明快的进餐环境,不仅美化了居室,还有利于增进食欲。

餐厅的植物布置,其要点分别是餐桌外围和餐桌上。餐桌外围的布置,通常是为了区隔客厅与餐厅,这里特别适合用植物作间隔,比如:悬垂绿萝、常春藤、吊兰等,这样就形成一个绿色垂帘,显得自然、美观、优雅。

餐桌上的花卉摆设,通常是插花或小巧的观叶植物,以便围坐者都能观赏。而插花也并非一定要什么流派,只要选择适合餐厅风格的花器和鲜花,以自然的方式插置,就能表现独特的景致。比如用波斯菊、粉红乡石竹配以蕨类、文竹等素雅植物叶子作插花。

专家点评:对大多数工薪家庭而言,餐厅往往是从客厅分割出一块区域,摆上餐桌、餐椅,就是简单的餐厅了。虽然简单,若用植物稍加布置,就可使餐厅生机盎然,成为一道充满情调的风景。不过,餐桌上的花卉选择要注意一些事项,比如:易落叶的花儿,如羊齿类,应尽量少用,还有花粉多的植物,如百合等,也应避免使用。

/ 专家建议:餐厅是就餐的地方,摆放的花卉以没有浓烈、特殊香味为好;否则就容易冲淡食物的香味,影响食欲。

餐桌摆花的种类,主要有插花、盆花和碟花等几种。

插花:瓶插花材不宜繁琐,有时仅仅就一束错落有致的月季、康乃馨或是扶郎花,稍加一些绿叶或香石竹作陪衬,就足以令人心动。总之,餐桌上的插花可随意、轻松些,造型要注意顾及不同角度的观赏者。

盆花:盆花装饰餐桌,其效果也不错。餐桌上的盆花宜选择低矮丛生、密集多花的种类,比如:仙客来、非洲紫罗兰、长寿花、风信子、金盏菊、四季秋海棠等。另外,餐桌摆设盆花还应注意盆与土的清洁卫生,可以在盆底垫上雅致的盆座或盘碟,花盆以紫砂为宜。

碟花:碟花采用植物的枝、叶、花、果或熟制食品在碟里造型,其制作简便易行。或者,在餐桌上摆放一盘香花,比如茉莉、桂花、白玉兰等,同样令人神往。

为你支招:在餐桌上摆放花花草草,须注意在色彩选择上,餐桌花要与餐桌的色彩相互协调。深色的餐桌可选用色彩明亮花卉,比如:白色、浅粉、浅黄、淡紫色等;而浅色的餐桌则可选择色彩艳丽的花卉,比如:橙色、深红、紫红、橙红等色彩花卉。如此,深浅衬托,更显花朵艳丽、花姿优美,营造出餐厅典雅、精致的氛围。

❋ 9 宁静有涵养的书房 ❋

书房,是家人用来学习甚至工作的场所,不论大小,都应该布置得幽静、雅致,才能使人们在清新的环境中,心情舒畅地学习和工作。

在书房里摆上花花草草，进行绿化，可以增加生活情趣，减少阅读的枯燥感，愉悦人的视觉，陶冶情操。阅读之余，观赏一下室内的盆栽、盆景或插花等，则可放松心情，解除疲劳，也可净化心境，启迪思想，看看那兰花或许让人想到高洁，凝视那牡丹或许让人想到富足，静观那松柏或许让人想到刚劲。科学研究表明，人在鲜花盛开的空间里工作，会减小压力，还能激发其创造力。

总之，书房中几株郁郁葱葱的花草，将会为你的书房增添几分淡雅和清新，显示你的素养和底蕴，提高你的文化品位。

专家点评：书房的植物装饰，应以观叶植物为主，选材种类不宜多，多了显得杂乱臃肿。最好不要用红色的花卉，以免扰乱学习或写作的情绪。而且，在布置上要本着"少而精"、"以小见大"的原则，通过家具陈设与花卉装饰色彩的有机融合，使古典式与现代化兼容并蓄，协调统一，打造一个宁静而不失雅致的书房。

／专家建议：大、小书房的植物配置。／

如果书房较狭窄，不宜选体积过大的品种，以免产生拥挤压抑的感觉，可在布置时采用"点状装饰法"，也就是在适当的地方摆置精致小巧的花瓶，可起到点缀、强化的装饰效果。

如果书房面积较宽阔，则可选择体积较大的品种，比如：半人高的落地瓷花瓶，精心地配置几架彩绘玻璃花瓶，都可为书房平添一份清雅祥和的气氛。

／为你支招：书房是工作、学习场所，摆点花草，解除由于脑力劳动过久所引起的种种不适。如：书架或书柜顶上，摆放一盆枝叶悬垂的小型花叶常春藤或是绿萝，翠绿欲滴，迎风摇曳，令人感觉轻松明快；或者，在临窗处悬吊一盆金边吊兰或一串珠，窗台上摆放一、两盆可随时更换的应时香花，如米兰、

茉莉等,随着风儿,满室飘香,清新怡人。

❋ 10 自然又温馨的卧室 ❋

卧室摆放花卉有何讲究呢?一般而言,早春以生机为主,配以青叶;卧室宜配置兔子花、瓜叶菊、大岩酮等色彩艳丽的盆花。

盛夏以清凉为主,配以绿色盆景;可配置文竹、彩叶芋、冷水花等充满凉意的盆花。

金秋则以果实为主,配以花叶;可配置秋菊、金橘、珊瑚豆等观果盆花。

寒冬以常青为主,配以花果。可配置山茶、梅花等进行点缀,令人感觉春常在。

专家点评:卧室花草的布置,要根据自己的兴趣爱好、性格特征以及卧室的色调风格和季节变换等进行综合考虑,以恰到好处地点缀空间,打破墙壁的单调感,创造一个优美、温馨的休息环境。不过,在卧室内,夜间最好少放或者不放花卉,以避免其同人争氧气,影响健康。

专家建议:大、小卧室植物配置要根据卧室的面积来设计。

有些家庭的卧室面积不大,可选择小型盆花点缀,比如:常春藤、吊兰、天门冬等呈下垂姿态的蔓性、匍匐性花卉,以加强立体感,突破家具的单调构图,营造新颖、活泼的气氛。

如果卧室较宽敞,则可选择一些较大的盆花点缀,比如:在墙角空间安放一盆轻枝绿叶的文竹,茶几上配一盆旱伞草或一盆蒲葵,床头柜上置一小型瓶插。如此,卧室就会显得既有活力又有意境了。

／为你支招:卧室适合放置一些吸收废气的花草,比如:盆栽柑橘、吊兰、斑马叶等;另外,绿萝这类叶大和喜水植物可使室内空气湿度保持极佳状态,而吊兰和金鱼花则可以有效地吸收二氧化碳。／

❋ 11 轻松有创意的卫生间 ❋

很多朋友会用绿色植物装饰家居,可却总是遗忘卫浴间。其实,简单地选择一些耐阴、喜湿的盆栽,使可使浴室多几分生气。

使用造型简洁的单色花器,适合简洁现代的卫浴间里;田园风格的卫浴间就可选择带有花草图案的花盆;而欧美风格的卫浴间里适宜用带有描金装饰的花盆,可突出华丽大气的感觉。

由于卫浴间水分较多,湿度较大,在花架、墙壁上可以适当摆设小羊齿类、折鹤兰、木棉、蓬莱蕉、猪笼草、冷水花、椒叶草、网纹草等植物,或者吊挂杏叶藤、四季海棠等或陈设季节性的鲜花、插花,若室内空间较大,还可以在墙角处点缀较矮的印度橡皮树。

专家点评:绿色植物与光滑的瓷砖在视觉上是绝配,给沉闷的卫生间带来生机和清新的空气。卫生间温暖潮湿如同温室,所选的绿色植物要喜水不喜光,而且占地较小,最好只在窗台、浴缸边或洗手台边占一个角落。

／专家建议:卫浴空间装饰植物要有良好的通风、充足的养分、定期的光照、不要多浇水这四项基本原则。／

良好的通风:由于卫浴间潮湿且常常有水蒸气。因此,要注意开窗、开门保持空气流通。要是没有窗户,将排气扇打开,也可以起到通风的作用。另外,植物株距不可过密,否则也会影响通风。

充足的养分：摆放在卫浴间的植物，即使是水养植物也需要充足的营养进行滋润。夏季气温高，水分蒸发快，而且是花卉植株生长的旺盛期，所以要多施肥。不过追肥的浓度要小，次数可以多一些。当然，春、秋两季是花卉生长旺期，也需要比较多的肥料。

定期的光照：万物的生长都需要阳光，即使是喜阴的植物也不例外，若发现植物叶子微黄，没有精神，就需要将它移到户外去享受一下阳光了。通常虎皮兰、绿萝可以每个月晒一次太阳；滴水观音则可以3个月至半年移到户外。当然，要注意避免暴晒。

不要多浇水：卫浴空气湿度较大，摆放在卫浴间的植物不需要频繁地浇水。可以采用喷壶给叶面喷水，水分不可过多，至叶面全湿就可。需注意，若喷水较多，可将植物倒过来把水滴干，以避免积水导致叶心或根部腐烂。

为你支招：日常生活中要注意防止肥皂沫飞溅在植株上，以免造成盆栽花卉的死亡。另外，由于卫浴空间较小，不宜摆设大型盆栽花卉，特别是带刺的或花粉较多的百合花等，以免玷污衣物。若卫浴间常有异味，可选择一些具有香味的观花植物，以除异味。

12 躲在角落里的美丽

在有着丰富表情的家居世界里，空间的营造和改善并不依赖于大范围的更新，一些角落中的细节装饰，同样能使空间呈现丰富的表情，起到分割区域和调节气氛的作用。那些灵动的植物，在流露个性品位的同时，也是盛装记忆的容器，随岁月流逝而魅力常在。可以想象居住的空间，如果没有花草的点缀，肯定会缺少一份生机与灵动。

家中房间的窗户下或低矮的家具之上,总是会留下空白的墙面,可说是另类角落的呈现。过多的留白会让整体环境显得空洞而单调,可在这些角落里放一些绿意盎然的植物,可以立即提升整个居室的舒适度。

专家点评:居家空间中总有一些空间被人们认为利用率低或是死角,但通过花花草草的装饰,即会成为居室空间的一个亮点,给人一种"未见其人,先闻其声"的感觉。

／ 专家建议:角落植物摆放,注意不要阻碍家人活动,或显得杂乱无章。／

在客厅入口处、大厅角落、楼梯旁可摆放大型盆栽植物,比如巴西木、假槟榔、香龙血树、南洋杉、苏铁树、橡皮树等;在茶几、矮柜上可摆放小型观叶植物,比如金血万年青、彩叶芋等;在桌柜、转角沙发处可摆放中型观叶植物,比如棕竹、龙舌兰、龟背竹等悬挂植物以及常春藤、鸭跖草等。

／ 为你支招:有一个不错的装饰角落的方法,就是将绿植和室内的其他装饰品交错地摆放在一起, 不过一定要注意花器的选择和周围的环境相协调,而且绿植最好用比较小型的。如果要制造丰富的层次感,则可以通过摆放绿植的数量来实现。／

❀ 13 飘香的花卉走廊 ❀

随着居室面积的增大,许多居室都有了或长或短的走廊,在居室装饰中,走廊是非常重要的环节, 具有室内交通以及分隔与联络各个建筑空间的功能,而美丽新颖的走廊装饰能体现主人的生活情趣,提高家居装饰的品位。

由于人们在走廊停留驻足的时间较少。因此,一般不采用复杂的手法造景,那么走廊应该怎么装修和布置呢？可用适当的花卉点缀,装饰一个飘香的走廊,来获得一定的气氛。如此装饰走廊空间,还可增添其功能适应性。

专家点评:走廊的花卉装饰,要特别注意不能妨碍通行和保持通风顺畅。另外,还可根据墙壁的颜色选择不同的植物。如果壁面为白、黄等浅色,应选择花色艳丽的植物;如果壁面为深色,则应选择颜色淡的植物。

/ 专家建议:一般家庭走廊较窄,而且人来人往,因此,在选择植物时宜选用小型盆花,比如袖珍椰子、蕨类植物、鸭跖草类、凤梨等。/

若走廊较宽,可分段放置一些盆花或观叶植物,利用不同的植物种类突出走廊的特色。

而对于一些走廊局部空间突然放大的地方，还可配以一些较大型的植物,比如橡皮树、龙血树、龟背竹、棕竹等。

/ 为你支招:居室内的楼梯,可以摆放稍大的落地插花。若楼梯较宽,每隔一段阶梯上放置一些小型观叶植物或四季小品花卉。在扶手位置还可放些绿萝或蕨类植物;若平台较宽阔,可放置印度橡皮树等。/

14 漂亮的花草阳台

若能巧妙地将植物布置于阳台,使可以营造出大自然的清新气息。

美化阳台是大有学问的。摆放的花草树木,应根据主人的爱好来选择。米兰、含笑、茉莉、月季,能使住房芳香馥郁;凤仙花、长春花、鱼尾菊、午时花、风雨花、鸡冠花,颜色鲜艳夺目,又易于栽培;紫苏、芙蓉、木槿、五彩椒和芸香、萱草,既可观赏,又可做家庭食谱的配料、香料或药用。

面朝西的窗户、阳台或墙,夏天受灼热的阳光直射时间比较长,室内温度较高,若能种上茑萝花、牵牛花、金银花、爬墙虎和紫藤等藤本植物,令其攀附在用竹木搭成的棚架上,引附在墙面上,就能开成一道绿色的垂帘,既可遮挡炎热的阳光,又可以使房内光线柔和,还可使人观赏美丽的花朵。

专家点评:阳台多设在向光或向南,阳光充足的地方。而对一般公共住宅来说,阳台只能作晾衣服之用,若在阳台栏杆处加高铁栅及一些设备,既可栽花又可晾衣物,天晴时能充分接受阳光。利用自然气候的不同变化,在阳台上种植多种植物,可起到调节室内温度、美化环境的作用。

/ *专家建议:花草阳台装饰方式可以自己选择。* /

植槽式:由于普通楼房的阳台面积比较小,植槽最好悬挂在阳台外侧,不占阳台空间。植槽的宽宜为 20 厘米左右,高 15～20 厘米,长度依据阳台的大小而定。悬挂在阳台正面的植物,可种植低矮的或匍匐的一或二年生花卉,比如:矮牵牛、半支莲、金鱼草、矮鸡冠、凤仙花等;而阳台两侧的植槽,可种些爬藤植物,比如:红花菜豆、羽叶茑萝、旱金莲、文竹等,以竹竿、铁丝或细麻绳做引线,使这些花卉缠绕其上,既美化了环境,又遮住了夏天的烈日,带来一片阴凉。

悬盆式:在阳台围栏的上方空间悬挂一些横杆、吊架或托架,其上悬吊盆花;悬盆式可选择一些低矮或悬垂式的盆花,比如仙人掌、蟹爪兰、玉米石、盾叶天竺葵、吊兰、常春藤等。

摆盆式:在阳台的围墙或阳台上摆花,这是比较灵活而简易的方法。一般而言,朝南的阳台上可摆放喜光花卉,比如:月季、扶桑、石榴等;而朝北的阳台摆放耐阴花卉,如龟背竹、万年青、一叶兰、八角金盘等;朝东的阳台则可选择兰花、花叶芋、棕竹、郁金山草等半耐阴、短日照植物;至于朝西的阳台,由于条件不甚理想,要种一些抗性强的植物,如黄杨之类。

为你支招:阳台的环境特殊,墙壁反射日光,因而阳台气温较高;又由于不同程度地高于地面,风速较高,空气比较干燥,而又缺少雨露滋润。因此,要注意经常在阳台上和叶面上洒水,以增加空气湿度。

✤15 办公室里的小小花草✤

上班族在办公室的工作时间甚至超过在家的时间,而办公室内空气质量的好坏直接影响到我们的身体健康。

如今,随着现代写字楼的兴起,办公室装修等级的提升,办公室内的污染源大量增加,成为健康的"隐形杀手"。另外,办公自动化的普及,打印机、复印机等设备的应用,加上装修中的地毯、壁纸、黏合剂等,都不同程度地污染了室内空气。要有效治理办公室污染,除了加强通风透气外,最简单有效的方法就是摆放盆栽花卉,不仅美观,还是办公室内有害物质的"吞噬者"。

那么,在办公室布置绿色植物时,需注意些什么呢?

办公室可根据面积大小、朝向、光照等情况选择不同大小、色彩、株形的绿色植物,总的来说摆放的植物宜株形端庄、舒展,以暖色为主。可以是观叶、观花的,以及象征吉祥如意,贵宾临门的仙客来,或是寓意百年好合的百合花等,都可在宾主之间,上下级之间营造出温馨气氛和亲切感觉。

那么,就快点来加入"绿色"军团吧,让您在工作时也如同置身自然,拥有健康的环境和愉悦的心情。

专家点评:绿色植物是环保的"增湿器",其蒸腾、呼吸等活动可以为室内增加湿度,清新空气。这远比使用电器物理加湿有效;而且绿色植物是悦目的

装饰品,能为严肃刻板的办公环境增添情趣,从而为疲惫的身心注入活力。

／专家建议:办公室里要摆放一些杀灭病菌、分解甲醛、吸收有害物质的植物。／

耳蕨、常春藤、铁树:能分解三种有害物质:一是存在于地毯、绝缘材料、胶合板中的甲醛;二是隐匿于壁纸、印刷油墨溶剂中对肾脏有害的二甲苯;三是藏身于染色剂和洗涤剂中的甲苯。

吊兰、非洲菊、无花观赏桦:主要可吸收甲醛,也能分解复印机、打印机排放出的苯,并能"咽下"尼古丁。

龙血树(巴西铁类)、万年青、雏菊:可清除来源于复印机、激光打印机以及存在于洗涤剂和黏合剂中的三氯乙烯。

丁香、茉莉、米兰、玫瑰:具有杀灭病菌的作用。

发财树、铁树和金钱榕:通过光合作用,吸收二氧化碳,释放氧气,令封闭式办公室内的空气变得清爽。

菊花:具有吸收氟化氢的能力。

／为你支招:文竹是最好养的小型盆景之一,它的叶片轻柔、常年翠绿、枝干有节,似竹,而且姿态文雅潇洒,是人见人爱的室内观叶植物,特别适合在办公桌上放置。不过,种植文竹的关键是浇水。在天热干燥时,要用水喷洒叶面,以增湿降温;而冬季则应少浇水,室温保持在 5℃ 以上即可。／

🌸 16 庭院花草美化布置 🌸

庭院美化在咫尺之地,也能形成花团锦簇,碧草如茵的景观。"移竹当窗"、"榴花照门"、"紫藤盘角"、"蔷薇扶壁",这些都是花卉配植的典范,庭院美化是大有文章可做的。

庭园小径是供散步时用的,因而植物所起的作用主要是给予散步的人一种祥和安逸的感觉。

专家点评:利用花卉来装饰、美化家庭庭院,可以表现出四时的变化,营造美好的自然环境。不过,家庭庭院大小各不相同,建筑形式各异,应根据使用的需要和欣赏者的爱好进行设计。

／ 专家建议:可以选择经济实用型、观赏型、绿化型、草花地被型。／

庭院美化,植物树种的选择,按其目的分为三个类型。

经济实用型:一般可供食用或药用,如乔木、花灌木有杏、梨、苹果、枣树、石榴、山楂等;藤蔓类有葡萄、金银花、枸杞、猕猴桃等。

观赏型:此类以观花或观果为主。乔木、花灌木有海棠、玉兰、木槿、丁香等。

绿化型:此类以绿化为目的。乔木、花灌木有梧桐、泡桐、雪松、五角枫等;而藤蔓类有爬山虎、常春藤、扶芳藤、薜荔等。

草花地被型:春季有雏菊、金盏菊、石竹、旱金莲等;夏季有凤仙花、黑心菊、万寿菊、金鱼草、大丽菊等;秋季有雁来红、地肤、大花牵牛、五色草等;冬季有红叶甜菜、羽衣甘蓝。

／ 为你支招:美化庭院可选用攀缘植物,比如爬山虎、凌霄、常春藤、野蔷薇等可附墙而上;紫藤、葡萄、金银花、猕猴桃可作观赏棚架,架下还可休息乘凉。／

☀ 17 绿色植物也需鲜花搭配 ☀

人类最无法割舍的便是对大自然的亲近渴望。绿色植物能让你轻轻松松地就给自己的小窝带来生气及情趣，是最简单，也是花费最少的方法。

适当的绿色植物可为家注入悦人的活力。不过，绿色植物也需要鲜花的搭配。在室内放一盆小小的盆栽，一束盛开的鲜花，二者相称，尽管沉默无语，但一叶一花更能发挥其自然魅力，愉悦你的心绪。

如果客厅的沙发后是单一绿色植物，就可以考虑干花和大叶花瓣来搭配；在绿色植物与花的搭配上，需注意与居室的颜色、饰品、风格相协调。

专家点评：作为居室点缀，鲜花和绿植操作起来比较简单，不过在选择上也要注意与居室的搭配。如果是居室大空间，可以选择大棵绿色植物；墙面背景若比较抽象，可选择大叶片的高一点的植物；若墙面背景比较单调或深色，则需要红色的花瓣来衬托；要是墙面不大，可以选择有碎花的小叶片植物。

／专家建议：绿色植物要与鲜花组合。／

小檗和芍药：这个组合由矮生的小檗灌木和高度相近的芍药组成，淡绿色的小檗与暗绿色的三裂芍药形成一个协调的色调。夏季可欣赏芍药美丽的叶色，而秋季欣赏小檗的红叶红果。

云杉和月季：云杉深灰色的叶子与月季的红花组成十分鲜艳的对比色调。

／为你支招：绿植、鲜花能给家居增添活力和能量，而凋谢枯萎的花朵会有负面的影响，对花草的照顾应该是无微不至的，勤于换水并裁剪花茎，使其功效持久。／

18 活用花器搭配更精彩

当鲜花遇到适宜的花器，不同气质的花和瓶一起跳舞，它们会让我们的居室呈现出更多的表情。

白瓷花瓶带有东方沉郁、含蓄的宁静感，扶兰的色彩热烈，便与它形成了一种对比强烈的景致。

透明澄澈的小花器，瓶内即使只是几粒普通的石子，也能体现出瓶子的玲珑感觉。简洁的雪松、跃动的火龙珠，衬着怒放的红玫瑰，在弧线优雅的瓶形衬托下，有一种浪漫的非凡气质。

朴素大方的麻袋，把粗糙而庸常的花盆包起来，轻轻地束个口，熏衣草的花感也似乎为之一变。

大口径的高颈花瓶很适合大株的花材。青翠可人的天鹅绒和绿兰在摇曳之间轻轻带来了春的信息。

购物或装杂物的草编筐最适合装小盆绿色植物。几种植物集中在一个筐中，扑面而来就是田园气息。

那些时尚的人们总能以其灵敏的思绪、丰富的情感，捕捉生活中的灵感，寻找到更多的花卉素材，再搭配最灵秀艺术的花器，以此体现自己与众不同的生活品味。而那些造型设计独特的花器可以突出艺术性，更为家居生活增添艺术气息。

专家点评：选择花器可以从材质、色泽、容量、形状等四个方面加以考虑。花器选用的材料非常广，凡是可以盛水的器物都可以作为花器。不过，花器的选择要考虑到应用的实际环境。宽敞的空间，比如大客厅，鲜花直插得茂密一些，花器也应较大；而在比较小的空间，比如书房，鲜花就宜简静俊一些，花器也可小一些。

/ 专家建议：花与花器要合理地搭配。/

花与花器如何搭配才能呈现出自然的感觉呢？

首先，花与花器的颜色上要有一定的对比。色彩饱满的花朵宜配淡雅的素色花器，而色彩清丽的花朵宜配色彩浓郁的花器。

其次，要注意花与花器材质间的呼应。粗犷的砂石花器宜配清秀的草本及草木花卉，而丰盈的花朵则适合搭配轻盈材质的玻璃或陶瓷花器。

最后，花器的装饰性越小可搭配的花材也就越多，小瓶口的简单设计，搭配单枝花朵也可以做出不错的创意。

/ 为你支招：鲜花的花瓶可选择瓶身较长、瓶口较大的花瓶，这是因为此类造型的花瓶盛水量大，可以避免鲜花脱水干枯；而且利于花枝上下通气，防止腐烂；同时还利于插花造型。/

19 插花美化环境

插花是一门具有浓郁生活气息的高雅艺术活动，它既可丰富我们的日常生活，又美化了生活环境，更能提高个人的艺术修养。

家庭插花不必选购奇花异草或高档花卉，宜选择经济实惠、时令性较强的常用花卉，质量不错，价格便宜，可挑选性强，同样可以美化家居。即使插盆野花也别有一番风情。

插花要懂得花搭配的一般常识。颜色上，淡色的花应插低，深色的花宜插高，如此才有稳定感；而花朵枝叶方面，一般上疏下茂，高低错落；花朵的位置要前后高低错开，疏密有致，不要插在同一横线或直线上；而花和叶也不要等距离安排,应有疏有密,体现出节奏感;花为实,叶为虚,有花无叶欠陪衬,有叶无花缺实体;还需动静相宜,既要有静态的对称,还要有动态的错落。如此,才会令插花平添趣味。

专家点评:家居插花要与环境协调,客厅、卧室、餐厅、卫生间等,都有不同讲究。插花作为精美的艺术创作,对女性有静心、修心、养心的效果。在充满花香的生活里,女人将拥有自己的青春与美丽,永远像鲜花一样充满激情与活力!

/ 专家建议:插花要考虑四周的环境。/

客厅长方形茶几:客厅插花的摆设应与装修格调保持一致,色彩宜以明快大方、自然典雅为主,而且还要考虑与周围家具协调。茶几一般放在沙发中间,电视机前面。因此,要求插花高度要低;还要考虑茶几的作用,不宜太大。由于茶几呈四面观向,层次上应以水平型、半球状为主。

客厅沙发拐角处:若拐角靠着墙,直接采用单面观插花。高度主要同台面大小成比例,侧面最好不要向外延伸过长,造型以倒"T"形或者是"L"形自由式插花,再加入曲线、直线线条设计更显错落层次。

/ 为你支招:喜欢插花的人都希望美丽的鲜花能延长寿命,可采用剪枝法来对其进行保养:每隔一两天,用剪刀修剪插花的末端,令花枝断面保持新鲜,就可以使花枝的吸水功能保持良好状态,延长插花寿命。/

20 炎炎夏日,打造花草清凉居室

夏日炎炎,在居室里巧妙点缀上几盆翠意盎然的绿色植物,既赏心悦目,让人可以平心静气的享受拂面而来的鲜绿凉意，怡情养性，又能安定烦躁情绪。

室内可种植一些散尾葵、茉莉花等。阳台上栽种爬山虎、牵牛花等，不仅能够隔热吸热，而且可以让身在其中的人赏心悦目，滋生清凉。

临窗悬几盆吊兰，既净化空气又能隔离窗外的热气。若是插花，可用竹、草、藤、木等天然、纯朴的材料相搭配，朴素中见高雅。

专家点评：夏季，居室选花要以纯白、浅绿等浅颜色的为主，讲究色彩搭配。但不是说夏季只能插纯白色、绿色的花卉，有时若在白、绿色之间适时增加一些粉红、粉黄等淡色系的花朵，也能让整个房间既好看，又感觉凉快。

/ 专家建议：适当的养些驱蚊的花花草草。/

熏衣草：熏衣草具有杀虫效果，人们常用它做成香包放在橱柜中，还有的把它放在卧室驱蚊。

猪笼草：是典型的食虫植物，是捕蚊高手。

天竺葵：具一种特有的气味，令蚊蝇闻风而逃。

七里香：摸其叶片，就会感到浓浓的甜香味，驱蚊效果很好。

驱蚊花草气味浓度过高，可能会让过敏体质的朋友出现头晕等不适症状。应注意摆放密度，可在 20 平方米的室内，中盆植物摆放 2 盆，小盆植物摆放 3～4 盆。

/ 为你支招：夏天，选择玻璃、金属或者浅色系的陶瓷等材质花器，不但能让室内充满了绿意，也充满了凉意；或是利用藤枝编织的藤球、藤篮等作为花器，更是一种将清凉材质运用到极致的做法。/

❋ 21 春节居室巧花饰 ❋

春节,花卉装饰的主题应是温馨和喜庆的。因此,无论是色彩的搭配,或是花器的使用,都应以温馨和喜庆为目的。

在玄关处可以摆放一盆大花蕙兰,一进门就能感到家的温暖,也能让客人一进门便感受到主人的热情好客。

客厅是春节家里接待亲朋好友和家人团聚的主要地方。花卉的布置主张热烈、美好、向上的情调,颜色搭配要与客厅基调风格协调。在茶几上可以摆放雅俗共赏的盆式兰花,在花架的底部、茶几上或电视木柜上,可放几盆鲜艳的橙红色野菊花。这些热烈开放着的野菊花放在客厅,会为家居增添特别的活力。

餐厅和厨房是全家团圆、招待好友的地方,可在餐柜或餐桌上放上一盆富贵竹,象征着富贵吉祥和财运,花开富贵,竹报平安。

在卧室摆放盆花或插花,可令朋友休息时感受到自己的用心和体贴,比如在床头选用线条流畅,轻松活泼的百合。

专家点评:春节,花卉美家,不能过分地堆砌色彩,因为太过零乱和纷杂只会破坏整个居室的气氛。若想有一点神秘感,可依个人喜好的不同而即兴发挥。中国传统的青花陶瓷花盆,土耳其风格的花瓶,意大利式的不锈钢花卉盆套,都可以给家里的花卉穿上节日的盛装,既可在节日里增添欢乐喜庆的气氛,又能增加传统的民俗氛围和神秘的异国情调。

／专家建议:吉祥、开运花草是不错的选择。／

岁末年初,除旧迎新。摆放些开运的植物花卉,讨喜又吉利,令家居充满生机和清新活力。

发财树:学名为翡翠木,通常以钱币、彩带、中国结等装饰之,意为"招财进宝"。

柑橘:"橘"与"吉"谐音,有"吉利丰收"之意,是招财的吉祥盆栽。盆栽柑橘是春节时家庭的常用吉祥摆设。

开运竹:取名吉利讨喜,并含有"竹报平安"、"节节高升"的象征。

百合花:象征着万事如意、富贵喜庆、团圆和乐,是春节喜庆不可缺少的吉祥花卉。

银柳:银柳具有生命力强、不插水也可活的特性。其绿株上有一颗颗娇小、银亮的小毛絮,装饰性极高。

兰花:常见有春兰、寒兰、跳舞兰等,表示祝福、喜悦,有"聚合人气"的象征。

／ 为你支招:节日期间家里客人多,可在洗脸台上放置一瓶简洁的小花,比如:水仙花、茉莉花、蔷薇花、晚香玉等,创造清爽洁净的环境。／

花花草草　健康生活　第 *2* 篇

一. 有益健康的花花草草

1 绿萝：净化空气的有力武器

　　绿萝又名黄金葛，原产印度尼西亚。它有着"叶形美观，株形飘逸"的美貌，藤长数米，节间有气根，随生长年龄的增加，茎增粗，叶片也越来越大。叶为绿色、互生，少数叶片也会略带黄色斑驳，全缘，心形。

　　绿萝花象征着希望与力量，它一年四季都是绿色的，尽管没有特别的芳香，也不是特别的娇艳，但它的绿足以让人喜欢上它；而且它是高效的空气净化器，因此观叶植物"绿萝"成为优良的室内装饰植物之一。

【摆放位置】

　　绿萝极耐阴，在室内向阳处即可四季摆放，在光线较暗的室内，应每半个月移至光线强的环境中恢复一段时间,否则容易使节间增长,叶片变小。

在秋、冬季的北方,为了补充温度以及光合作用的不足,应增大它的光照度。具体方法是:把绿萝摆放到室内光照最好的地方,或者在正午时搬到密封的阳台上晒太阳,但不宜暴晒,避免灼伤叶面。

同时,温度低的时候要尽量少开窗,因为极短的时间内,叶片就可能被冻伤。

【行家经验】

绿萝繁殖容易、粗生易长,属于观叶植物中比较好养的一类,其栽培技术主要有:

一、土壤选择。

绿萝性喜温暖、潮湿环境,要求疏松、富含有机质的微酸性和中性沙壤土。盆栽绿萝应选用肥沃、疏松、且排水性好的土壤,以偏酸性为好,最好采用园土、腐熟马粪和少量泥炭混合成排水良好的基质;还可用腐殖土、泥炭和细沙土混合,每 3 年换 1 次盆。

二、繁殖方法。

绿萝主要用扦插法繁殖。

在春末、夏初,剪取 15～30 厘米的枝条,将基部 1～2 节的叶片去掉,用培养土直接盆栽,每盆 3~5 根,浇透水,植于阴凉通风处,注意保持盆土湿润,1 个月左右即可生根发芽,而当年就能长成具有观赏价值的植株。

三、合理施肥。

施肥以氮肥为主,钾肥为辅。春季绿萝生长期前,可每隔 10 天左右施硫酸铵或尿素 0.3%溶液 1 次,同时用 0.5‰～1‰的尿素溶液作叶面追肥 1 次。

北方的秋冬季节,植物多生长缓慢甚至停止生长,因此需减少施肥。5～9

月是绿萝生长期,应每 2 个月施 1 次化肥。此外,每 10 天再施 1 次较稀的液体肥。

另外,还需注意对于较小的植株,只施液体肥。

四、浇水方法。

秋冬季的浇水量应根据室温严格控制。在供暖之前,温度较低,植株的土壤蒸发较慢,应减少浇水,将水量控制在原来的 1/4～1/2 之间。

即便是供暖之后,浇水也不可过勤。浇水要少向盆中浇,应由棕丝渗水。

此外,还应向棕柱的气生根生长处喷水,以减少因蒸发过快引起根部吸水不足。在冬季浇的水以晾晒过一天后的水比较好,可避免水过凉而对根部造成的损伤。

五、温度要求。

绿萝最适宜的生长温度为白天 20～28℃,晚上 15～18℃。冬季只要室内温度不低于 10℃,绿萝便能安全越冬,还需保持盆土湿润,应经常向叶面喷水,可提高空气湿度,有利于气生根的生长。若温度低于 5℃,容易造成落叶,影响生长。

在北方,室温在 20℃ 以上,绿萝可以正常生长。一般家庭达到这个温度问题不大,不过需要注意的是要避免温差过大。同时,还要注意叶子不要靠近供暖设备。

【行家叮嘱】

绿萝具有很高观赏价值,蔓茎自然下垂,既可净化空气,又能充分利用空间,为家庭增加活泼的线条、明快的色彩。那么绿萝的养护技巧都有哪些呢?

一、换盆方法。

绿萝这种观叶植物经过一二年生长,需要换盆。当植物叶尖发生干枯或是下面的叶片开始脱落时,就可能发生了根系缠绕或是根系腐烂。此时,必须进行换盆移栽,换到大一号盆中。

在换盆时,可用手轻拍花盆边缘,使盆土与花盆稍分离,这样有助于植株的拔出。然后将根系的土团从下部削去 1/3,在要换入的花盆中加入 1/3 的培养土,再将植株放入花盆中央,从上面加入培养土,浇透水,直至水从盆底流出为止,整平表面,再用剪刀将受伤的叶片和变黄的叶片从基部剪除。

为了便于绿萝迅速恢复生长,换盆移栽适宜时期一般应为早春或 6~8 月。

二、修剪方法。

绿萝由于生长快速,而且不易萌发侧枝,下部老叶常出现脱落,这样致使观赏价值降低。此时,我们需要对其进行修剪。

一种方法为:将上部的嫩枝剪下扦插,作为垂吊欣赏。而下部离盆土 15~20 厘米处全部剪断,使其重新生长新的枝叶,这种方法周期较长。

另一种方法为:择盆中两枝绿萝先更新,就是将离盆土 15~20 厘米处剪除,使其萌发新枝叶。等此两株生长的新叶有 20 厘米时,再剪两、三株,以此类推,在全部更新完毕后,全株皆有绿叶欣赏。

❋2 常春藤:甲醛的克星❋

常春藤是一种寓意美好、花形美丽的常绿藤本花卉,预示春天长驻,深得人们的喜爱。

四季常青的常春藤,其叶色和叶形变化多端,是造型优美的攀缘性植物,可以用作棚架或墙壁的垂直绿化。而且,也特别适合于室内盆栽培养,是非常好的室内观叶植物,只要将枝叶进行巧妙放置,就能带给人一场"视觉盛宴"。

常春藤还能吸收有害物质,特别是甲醛;它通过叶片上的微小气孔,可将有害气体转化为无害的糖分与氨基酸。

【摆放位置】

常春藤喜光照,但也较耐阴,摆放在半光照的室内条件下即可生长良好。春、夏、秋三季可放在东面或北面窗台附近,冬季则可摆在朝南窗口。

冬、春季可让其多见些阳光,使其生长旺盛,叶色艳绿。在夏季要避免强光直射,并注意通风降温。还需注意,不要长期将其放在光线过于阴暗的环境下,否则会引起蔓性茎生长,节间变长,株形稀散。

【行家经验】

常春藤适应性强,对环境条件没有特殊要求;是典型的阴性藤本花卉,能耐阴湿,耐干旱,耐贫瘠。其栽培技术主要有:

一、土壤选择。

常春藤对土壤要求不严,一般土质均可生长,但忌碱性土壤。一般多用肥沃的疏松土壤作盆栽基质,如园土和腐叶土等量混合,还可用腐叶土、泥炭土和细沙土加少量基肥配制而成。

二、繁殖方法。

常春藤繁殖使用扦插、压条法均可。

常春藤扦插极易成活,宜在4~5月、9~10月进行扦插。剪取15~20厘米左右半木质化的茎蔓,上部留2~3片叶子,先用水浸泡,然后再插,更易生根。再将其茎部下段2~3节插入繁殖沙床,保持土壤湿润,即可生根。最后,放到阴凉处养护,再移植上盆。注意扦插时不要选用多年生老枝,因为老枝扦插不易生根,即便是生根了也多不具攀缘性。

压条是在蔓生地面的茎蔓上,每隔 10～15 厘米在节上压土,保持土壤湿润,等节部生根后,按 3～5 节一段,自节间处剪断,以刺激休眠腋芽萌发。等新茎长至 5～8 厘米时,即可移植上盆。

三、合理施肥。

常春藤在生长季节可 2 周施一次液肥,或者一个月施一次颗料化肥,对于花叶品种,氮肥比例不宜过高,否则花叶品种会变为绿色。

四、浇水方法。

常春藤类植物属多年生观叶藤本植物,平时需注意保持盆土湿润,气温超过 30℃ 的 7、8 月份,植株停止生长。此时,浇水应间干间湿,同时停止施肥,以免叶片发生干枯。

需注意保持空气湿度也是花叶常春藤夏季养护的关键。在盛夏可每天向叶面喷洒 2～3 次水,为植株的生长创造更适宜的环境。

五、温度要求。

常春藤在 15～25℃ 时生长良好,夏季的高温闷热,对其生长十分不利。因此,当气温升到 28℃ 以上时, 需将其放置在室内凉爽通风处或室外半阴处。7～8 月间气温上升至 32℃ 以上时,应将其放置在空调室内,以免受热害。

北方冬季室温最好能保持在 10℃ 以上,室温较低时要控制浇水,可每隔一段时间用与室温接近的清水喷洗一次枝叶,以提高空气湿度,保持叶片清洁翠绿。

【行家叮嘱】

由于常春藤蔓枝密叶,是最理想的室内外壁面垂直绿化材料,又是极好的地被植物,为了令其长势更好,在栽培中需为其细心修剪、换盆,其方法如下：

一、可以简单地修剪去突出来的根。

二、可以将整个根部连泥土拿出来，一动不动放到一个更大的盆里面，在宽裕的空间填上新的泥土即可。

三、可以把将整个根部连泥土拿出来，松动泥土，剪掉部分根，接着换上新土，放回原来的盆里。

3 凤梨：抵抗二氧化碳

凤梨是一种观赏性很强的观花观叶植物，叶色有的具深绿色的横纹，也有的叶褐色具绿色的水花纹样，还有的绿叶具深绿色斑点等。在临近花期，中心部分叶片变成光亮的深红色、粉色，或全叶深红，或仅前端红色。叶缘具细锐齿，叶端有刺。它以其特有的莲座状株型，鲜艳的穗状花序，较长的花期而逐渐成为人们的"宠儿"。

凤梨是既可观花又能赏叶的室内盆栽花卉；它既热情又含蓄，很耐观赏。另外，凤梨还可有效清除室内二氧化碳，净化空气。

【室内摆放】

凤梨喜高温、湿润，常年放置在温暖、明亮的室内，可生长良好。冬季可以全日光照，春、秋早晚应有光照。

虽然凤梨喜好日光，但不可有强光照射，尤其是夏季，否则叶片会受伤。当温度低于10℃时，最好移入室内。

冬季需用双层膜覆盖，室内设暖气、电暖器等加温设备，维持室内温度在10℃以上，凤梨就能安全越冬。

【行家经验】

凤梨喜阳光充足，但亦耐半阴，夏季喜凉爽、通风，也能稍耐干燥气候；其栽培技术主要有：

一、土壤选择。

凤梨要求基质疏松、透气、排水良好，pH 值呈酸性或微酸性的土壤。宜选用通透性较好的材料，如树皮、松针、陶粒、谷壳、草炭珍珠岩等，与腐叶土或牛粪混合使用，比如：3 份松针叶、1 份草炭配合 1 份牛粪；或者 3 份草炭、1 份沙配合 1 份珍珠岩等。

二、繁殖方法。

凤梨的家庭栽培，通常采用蘖芽扦插。凤梨原株开花前后，基部叶腋处产生多个蘖芽，等蘖芽长到 10 厘米左右，有 3～5 片叶时，可用利刀在贴近母株的部位连短缩茎切下，将伤口用杀菌剂消毒后稍晾干，蘸浓度为 300～500 毫克／千克的萘乙酸，扦插于珍珠岩、粗沙或培养土中，需保持基质和空气湿润，并适当遮阴，1～2 个月后就有新根长出。需注意蘖芽太小时扦插不易生根，繁殖系数低。

三、合理施肥。

凤梨根系不够发达，只有小而短的根系，因此切忌施过多的肥料，以避免根系腐烂、叶子发黄，应以稀薄肥水施之。

而且，凤梨对磷肥较敏感，施肥时应以氮肥和钾肥为主。

四、浇水方法。

凤梨不需特别的水分照顾，在秋冬甚至可 7～10 天补充一次水分。在加水时，要让水分积存在中心叶筒的部分，观察水分被吸收的情形，如果积水超过一星期，应将其倒掉再更换新鲜的水，以避免滋生病菌。

在气候干旱、闷热、湿度低的情况下，凤梨的叶缘及叶尖极容易出现焦枯现象,因此要保持盆土湿润,每日可向叶面喷洒清水 1 次或 2 次,叶座中央杯状部位可注满清水;阴雨天一般不浇水。

五、温度要求。

凤梨的最适温度为 15～20℃,冬季不低于 10℃,而湿度要保持在 70%～80%以上。由于我国北方夏季炎热,冬季严寒,空气较干燥,要令其能正常生长,需人工控制其生长的微环境。

六、病虫防治。

凤梨花在温、湿度过高,通风不良的环境中,易发生病虫危害,比如:煤烟病、白粉病和红蜘蛛、介壳虫等。如果发现病害,可及时喷洒多菌灵,虫害可喷洒氧化乐果。需注意无论喷洒哪种药液,都必须在室外进行,以防止污染室内环境。另外,也可到花卉市场购买灭菌、杀虫药片,将其埋入盆土中,以根除病虫害。

【行家叮嘱】

凤梨科的植物品种很种,包括五彩凤梨、红星凤梨、粉红凤梨和红剑凤梨等常见的品种。那么怎样才能使凤梨植物有花苞呢?

一、用烂木瓜或烂苹果。

可放在盆土上,然后用透明塑料薄膜袋将全株罩住,然后放在阴凉清爽处大约 10 天,勿晒。苹果和木瓜腐烂时所产生的乙烯、举凡乙烯或乙炔可提高酶的活性,使细胞膜组织发生变化。而对凤梨科植物而言,就是一种植物激素,能够促进和调节凤梨的生长和花芽的分化,令花芽形成,大约 10 天后,可把塑料袋除去。

二、施钾肥在叶面上。

根外施肥法可促使红剑凤梨花苞的生长。通常植物施肥,宜施于植株中,但是红剑凤梨的吸收组织主要分布在叶片上，特别是基脚近中央的叶面，因此吸收能力远较根部为佳。

三、窄小盆，才易"逼"出花苞。

红剑凤梨根系细小，原本寄生在树干上，如果用深阔的花盆栽种，反而会影响吸收力，未必起花苞，这一点容易被忽略。

四、培育子株，使其开花。

在母株开完花苞后本身不再有花，可旁边很快会长出子株来，等子株成熟便应分割另植，才易使子株起花苞。

4 散尾葵：天然加湿器

散尾葵属棕榈科丛生常绿热带灌木，又名黄椰子、凤尾竹，原产地非洲马达加斯加。散尾葵叶呈羽状披针形，枝条开张，枝叶细长而略下垂，姿态优美婆娑，是著名的热带观叶植物。

散尾葵喜温暖、多湿及半阴环境，耐寒力较弱。在明亮的室内可长时间地陈设观赏，适宜室内摆放，是深受欢迎的高档观赏植物。

【室内摆放】

散尾葵对光线要求不严，喜欢阳光充足，也耐半阴，但光照充足时生长得更好，是布置客厅、餐厅、会议室、家庭居室、书房、卧室或阳台的高档盆栽观叶植物。

散尾葵平时放在厅堂、走廊或较宽敞的室内有散射光处培养，可健壮生长，而在阴暗的房间里可以连续摆放5个月左右，但必须在适当时间，将其移至光线明亮处轮换摆放1个月左右。春、夏、秋季都应遮去50%左右的阳光，避免露天任凭阳光直射。

【行家经验】

散尾葵性喜温暖湿润、半阴且通风良好的环境,不耐寒,较耐阴,畏烈日,其具体栽培技术主要有:

一、土壤选择。

散尾葵对土壤要求不严格,但以疏松并含腐殖质丰富的土壤为宜。盆栽可用腐叶土、泥炭土加三分之一河沙及部分基肥配制成培养土。

二、繁殖方法。

散尾葵常用分株繁殖。在 4 月左右,结合换盆进行。选基部分蘖多的植株,先去掉部分旧盆土,再以利刀从基部连接处将其分割成数丛。每丛不宜太小,须有 2~3 株,而且要保留好根系,否则会导致分株后生长缓慢,且影响观赏。在分栽后置于较高温湿度环境中,经常喷水,可利于其恢复生长。

三、合理施肥。

散尾葵喜肥,5~10 月是散尾葵生长旺盛期,必须提供比较充足的水肥条件。一般每 1~2 周施 1 次腐熟液肥或复合肥,可促进植株旺盛生长,且叶色浓绿;而秋冬季可少施肥或不施肥,同时保持盆土干湿状态。

四、浇水方法。

散尾葵的浇水应根据季节遵循"干透湿透"的原则,干燥炎热的季节适当多浇,低温阴雨则控制浇水。

夏秋高温期,还需经常保持植株周围有较高的空气湿度,但切忌盆土积水,以避免引起烂根。在生长季节,要经常保持盆土湿润以及植株周围较高的空气湿度。

此外,冬季应保持叶面清洁,可经常向叶面少量喷水或擦洗叶面。

五、温度要求。

散尾葵最适宜的生长温度为 18～30℃；怕寒冷，怕强光暴晒，以免灼伤叶片。由于它原产于热带地区，喜欢高温环境，对冬季的温度的要求很严，当低于 10℃时生长缓慢，并开始进入半休眠或休眠状态；当低于 5℃时就不能安全越冬；在夏季，当温度高达 35℃以上时也能忍受，但会暂时阻碍生长。

【行家叮嘱】

如果在栽培中管理不当，容易导致散尾葵的叶尖和叶缘在生长期间出现干焦，必须对这些情况引起重视，且注意养护技巧。

一、日照过强。

散尾葵在 5～9 月间喜半阴的环境，阳光直射时会导致叶片发黄和焦尖、焦边等现象。因此，在此期间应将其置于阴棚或大树底下，避免阳光直射。

二、空气过于干燥。

散尾葵喜较高的空气湿度，空气过于干燥时却会引起叶片的焦尖与焦边。因此，在整个生长期间应每天向叶面及周围环境喷水 3～4 次，以提高空气湿度；注意休眠后应停止浇水。

三、施肥过浓。

施肥过浓会引起植物根部细胞的反渗透现象而引起植物失水，程度较轻时会导致叶片的焦尖与焦边，严重时还会造成烂根死亡。因此，需要注意施肥量。

四、盆土过干。

散尾葵在生长期间，需要供给充足的水分。若盆土长期偏干，由于植物的生长得不到所需要的充足水分，会使叶尖及叶缘干焦。

五、盆土过湿。

并非是盆土中只要有水，植物便能吸收利用。若盆土过湿，由于影响了植物根部的呼吸作用，会影响根系对水分的吸收，从而导致植物体内缺水而出现叶片的焦尖与焦边。

5 发财树：吸毒气，释氧气

发财树为木棉科常绿或半落叶乔木，属热带观叶植物，原产于马来半岛及南洋群岛一带；其姿态优美，叶冠雄伟，叶色常绿，摆放于客厅，既典雅大方，又招人喜爱；曾被联合国环保组织评为世界十大室内观赏花卉之一；而且发财树可吸收有害气体，释放氧气。

另外，发财树是一种意寓吉祥、招财进宝的观叶盆景植物。盆栽用于美化厅、堂、宅，带给人们美好的祝愿。

作为家庭栽培，发财树在室外全阳光照射环境中，叶片宽、叶节短、叶色浓绿，且茎基部肥大；长期在弱光下，枝条细、叶柄下垂、叶色淡绿。

【室内摆放】

发财树性喜高温湿润、阳光照射，不能长时间荫蔽。因而，在养护管理时应放置于室内阳光充足处。在摆放时，必须使叶面朝向阳光。否则，由于叶片趋光，将使整个枝叶扭曲。

无论在什么环境下养殖，放置的地方都不要突然改变，改变位置需要一个逐步适应的过程。如果，突然将植株从阴处转移到强光下，会令叶面灼伤、焦边，影响美观。

此外，发财树怕烟熏，冬季室内养护期间，要注意避免烟熏而导致叶片发黄，影响观赏价值。

【行家经验】

发财树性喜高温和半阴环境,茎能贮存水分和养分,具抗逆、耐旱特性,容易栽培,其栽培技术主要有:

一、土壤选择。

发财树盆栽养护比较简单,一般采用疏松菜园土或泥炭土、腐叶土、粗沙,再加少量复合肥或鸡屎作基肥、培养土。

二、繁殖方法。

发财树多用播种繁殖,也可采用扦插繁殖。播种宜选用新鲜种子,在秋天成熟后采摘,将种壳去除随即播种。播种后覆盖约 2 厘米厚的细土,接着放置半阴处,保持湿润,播后大约 7 天左右就可发芽。发芽温度为 22~26℃。等苗长至 25 厘米左右可间密留疏,使树苗均匀生长。

在春季也可利用植株截顶时剪下枝条,扦插在砂石或粗沙中,保持一定湿度,大约 30 天左右就可生根,但扦插基部难以形成膨大根茎,自然观赏价值不如播种苗高。

三、合理施肥。

发财树是喜肥花卉,对肥料的需求量大于常见的其他花卉。每年换盆时,肥土的比例可占 1/3,甚至更多。肥土的来源广泛,可收集阔叶树落叶腐殖土,再加少许田园土和杂骨末、豆饼渣混合配制。这样的肥土效力高,方便易得,但需注意充分腐熟,以免将叶片"烧"黄。

另外,在发财树生长期,即每年的 5~9 月,每间隔 15 天,就可施用一次腐熟的液肥或混合型育花肥,可促进根深叶茂。

四、浇水方法。

发财树对水分的适应性较强,在室外大水浇灌或者在室内 10 多天不浇水,也不会发生水涝和干旱。不过,还是要掌握一个浇水的原则:首先是宁湿勿干;其次是"两多两少":即夏季高温季节浇水要多,而冬季浇水要少;生长旺盛的大中型植株浇水需多,新分栽入盆的小型植株浇水要少。

根部浇水主要集中在夏季;到了秋天要控制浇水,平时树干和树叶上面要注意多喷水,增加湿度。

五、温度要求。

发财树属于南方树种,发财树性喜温暖、湿润,向阳或稍有疏阴的环境,对温度和湿度的要求较高,若温度较低或湿度较低,常常会出现落叶现象,严重时枝条光秃,不仅影响观赏,还容易造成植株死亡。

发财树生长适温 20～30℃。夏季的高温高湿季节,对发财树的生长十分有利,是其生长的最快时期。所以,在这一阶段应加强肥水管理,使其生长健壮。冬天怕冷,生长环境不可低于5℃,最好保持 18～20℃。在潮湿的环境下,叶片很容易出现溃状冻斑,有碍观赏;因此,应注意做好越冬防寒、防冻的管理。

【行家叮嘱】

发财树,单是其吉祥的名字就已深受人们的欢迎了。为了使其长势良好,在栽培、养护中需要注意以下几点:

一、编辫造型。

发财树长至 2 米左右,约在 1.2～1.5 米处截去上部,让其成光杆,接着从地上掘起,放在半阴凉处让其自然晾干 1～2 天,使树干变得柔软而易于弯曲。然后,用绳子捆扎紧同样粗度和高度的若干植株基部,将其茎干编成辫状,放倒在地上,再用重物如石头、铁块压实,令其固定形态,用铁线扎紧固定成直立辫状形。等编好后将植株继续种于地上,注意加强肥水管理,尤其追施磷、钾肥,使茎干生长粗壮,辫状充实整齐一致;还可直接上盆种植,让其长枝叶。

二、换盆。

发财树的根系不发达，用个偏小的盆就行，盆大蓄水能力增加，会增加根系腐烂的几率。

换盆前应控制浇水 1～2 周的时间，这样便于脱盆，换盆时需注意，尽量不要让盆土散坨，所换之土一定要疏松透气、排水良好、肥沃沙质。可在新盆底部加一瓦片或纱窗将排水孔堵一下，主要是为了防止土壤流失，再将发财树从盆中脱出后直接放在新盆中，依据发财树的原高度确定高低位置，以原土的高度为准高度，所添之土不能高于原土。在填土时一定不能留有空隙，否则易跑水漏水。换盆后要放在半阴通风处，浇透第一次水后正常管理即可。

✽6 无花果：极佳的吸尘器 ✽

无花果原产地中海沿岸及中亚一带，是人类最早培育蓄养的植物，又名映日果、木馒头，属桑科落叶海木。无花果并非无花而果，它的花单生，淡红色，隐藏在花托内，不明显而已；在果实成熟后，花脱落。因此，得有无花果之称。

无花果的叶片大，卵形，呈掌状分裂；果实奇特，夏秋果实累累，树冠圆整美观，适合园林绿化和盆栽观赏。而且它又是一种防污、抗污的环境保护树种，具有抗多种有毒气体的特性，可吸收空气中的粉尘等有害气体的污染，是优良的庭院绿化和经济树种。

此外，无花果叶、果、根可入药。

【摆放位置】

无花果喜阳光充足、温暖湿润的环境，惟抗寒能力低，在室内摆放宜选择向阳且背风温暖之处。

【行家经验】

无花果喜阳光湿润;能耐旱,怕水涝;少虫害,其栽培主要技术有:

一、土壤选择。

无花果对土壤要求不严,有很强的抗逆性,适宜于在各种土壤中生长。在典型的灰壤土、多石灰的沙质土、潮湿的亚热带酸性红壤和冲积性黏壤土上都能正常生长。

二、繁殖方法。

无花果枝条极易生根,也易发生根蘖,繁殖苗木时扦插、压条和分株等方法都可采用。生产上大量繁殖苗木都用扦插法,成活率极高。长江流域可用硬枝扦插,在 3 月中下旬进行。凡节间短、枝粗在 1~1．5 厘米的枝条都可用作插穗,每个插穗带 2~3 芽。

三、合理施肥。

无花果枝叶茂盛,生长量大,结果多,对氮、磷、钾、钙等肥需求多。

四、浇水方法。

无花果根系较发达,有较强的抗旱能力。但叶片较大,蒸发水分多,若供水不足,会抑制新梢生长,影响果实产量、品质。

无花果一般在秋季施肥后浇 1 次大水, 在催芽期浇 2 次薄水,7~9 月花芽分化和果实成熟期需水量较多,但灌水不宜过多,以浸透根系层为度。每次浇水后需浅耕、松土。

雨季一次性浇水,不宜过多,否则不仅会降低含糖量,还可能造成裂果。

五、温度要求。

冬季定植的无花果苗,已经通过休眠,可以直接进行升温,白天温度控制在 20～25℃,夜间温度不低于 8℃。空气相对湿度需控制在 80%、90%,白天升温时湿度会相对下降,要进行人工喷水。当地表 15 厘米土层温度在 10℃以上时,无花果根系将开始活动,1 月初,定植 1 个月后开始萌芽,可将专用套袋摘掉,浇大水 1 次。

在萌芽后 50～70 天内,当≥10℃有效积温达 1400℃时,开始结果。为了使结果部位降低,防止徒长,此时温度要相对低些,可将白天气温控制在 25℃,夜间气温控制在 13℃。5 月份就可将草苫撤掉。

为了防止夏季雨水侵袭无花果,要保留棚膜,将顶部和前裙打开通风、控温。夏季较热时,可进行人工喷水降温。

六、病虫防治。

无花果的病虫害较少。常见造成较大的危害的,根结线虫和果实炭疽病等。防治根结线虫目前主要是避免老园连作和对苗木进行检疫消毒,若有条件也可对土壤进行消毒处理。

对果实炭疽病应在夏秋季果实发病前做好防治措施,及早喷布 200 倍石灰倍量式波尔多液或 75%百菌清 600～800 倍液,注意后者施药的安全间隔期(最后一次施药距收获的天数)7～14 天。

【行家叮嘱】

由于无花果枝条粗壮、叶片肥大,冬剪技术与其他果树有一定的区别,具体如下:

一、看品种。

成熟较早的品种,顶芽抽生的新梢上的果实成熟也早,果个也大,对此类结果枝一般不要短截。而对于其他品种,则可不必特别保留,因这类无花果的新梢,除基部 1～2 个芽较少发枝开花结果外,其余枝梢多能成花结果。

有的品种顶芽延伸以后，其下的几个芽也能抽生较旺的新梢，可选留1～2个方位适宜、长势健壮的新梢，而将多余的疏除；对萌发力弱的品种可不必疏除，通过短截，促使中、下部萌发新枝结果，以防止结果部位过快地外移。

二、幼从轻。

在幼树整形期间，为了迅速增加枝量，扩大树冠，促进成花，以及早结果，修剪量宜适当从轻。

三、调主枝。

对主、侧枝的延长枝适度短截；弱枝宜适当轻剪；树冠内相互交叉或平行的大枝，可适当疏除；由根际、大枝基部或伤口附近萌发的徒长枝，缺枝或有较大空间时，可以培养为结果母枝或用于更新，不然要及早疏除。

四、重结果。

适当疏除过密枝和细弱枝，可防结果枝组过于密集，因无花果的一年生枝除徒长枝外，几乎都可成为结果母枝；随着树龄的增长，结果部位逐渐外移，导致基部空虚，应对长势弱的侧枝和辅养枝从基部疏除，促使潜伏芽萌发新梢，充实基部，而且也可达到复壮更新的目的。

☆ 7 君子兰：无需"烟"雾缭绕 ☆

君子兰属石蒜科，为多年生的常绿草本植物。叶片宽阔呈带形，质地硬而厚实，并有光泽及脉纹。

君子兰的花朵没有牡丹花的富丽堂皇，也没有茉莉花的芳香浓郁，更没有月季花的艳丽多姿，但它有剑一般的绿叶，宽厚光亮；火一般的红花，亭亭开放，红绿交相辉映，是美化环境的理想盆花。

而且，君子兰株体，特别是宽大肥厚的叶片，有很多的气孔和绒毛，可分泌出大量的黏液,经过空气流通,能吸收大量灰尘、烟尘和有害气体,能过滤室内空气,使空气洁净。

【摆放位置】

君子兰原产于非洲南部,生长在大树下面,因此它既怕炎热又不耐寒,喜欢半阴而湿润的环境,害怕强烈的直射阳光,喜欢通风的环境,适宜室内培养;是楼、堂、馆、所及家庭养花中理想的名贵花卉。

【行家经验】

君子兰喜温暖、凉爽的环境,有一定的抗寒性,其栽培技术主要有:

一、土壤选择。

君子兰适宜用含腐殖质丰富的土壤,这种土壤透气性好、渗水性好,而且土质肥沃,具微酸性(pH6.5)。在腐殖土中渗入20%左右砂粒,可利于养根。

二、繁殖方法。

君子兰采用分株法和播种法繁殖。分株每年4~6月进行,分切腋芽栽培。因母株根系发达,分割时可全盆倒出,慢慢剥离盆土,注意不要弄断根系。切割腋芽,最好带2~3条根;切后需在母株及小芽的伤口处涂杀菌剂。幼芽上盆后,要控制浇水,放置阴处,半个月后可正常管理。若无根腋芽,按扦插法也可成活,不过发根缓慢。分株苗三年开始开花,可保持母株优良性状。

播种繁殖在种子成熟采收后即进行,因为君子兰种子不能久藏。种子采收后,先洗去外种皮,阴干。播种温度在20℃左右,经40~60天幼苗出土。盆播种子需疏松的盆土,且富含有机质,播后可用玻璃或塑料薄膜覆盖。

三、合理施肥。

花卉中有不少是喜肥的,不过对喜肥花卉施肥也要有一个限度,过多施肥,会对生长不利,甚至会成植株烂根或焦枯。而君子兰也属于这类植物,必须做到适量施肥。

君子兰在不同的生长发育阶段对养分的需求量也不同。因此,应该在各个时期采取不同的适合于植株需要的施肥方式。如施底肥、追肥、根外施肥等。施肥品种也要根据季节不同,施不同的肥料。比如:春、冬两季宜施些磷、钾肥,如鱼粉、骨粉、麻饼等,可利于叶脉形成和提高叶片的光泽度;而秋季施腐熟的动物毛、角、蹄或豆饼的浸出液为宜,以30~40倍清水兑稀后浇施,可有助于叶片生长。

四、浇水方法。

君子兰具有较发达的肉质根,根内贮存着一定的水分。因此,这种花比较耐旱。不过,耐旱的花也不能严重缺水,特别在夏季高温加上空气干燥的情况下不可忘记及时浇水,否则,花卉的根、叶都会受到损伤,从而导致新叶萌发不出,原来的叶片焦估,不但影响开花,甚至会引起植株死亡。然而,浇水过多又会烂根。因此,要好好掌握,经常注意盆土干湿情况,出现半干就要浇一次,可浇的量不宜多,保持盆土润而不潮才算是恰到好处。

在一般情况下,春天每天浇 1 次;夏季浇水,可用细喷水壶将叶面同周围地面一起浇,晴天一天可浇 2 次;秋季隔天浇 1 次;冬季每星期浇1次或更少。不过,必须注意,这里指的是“一般情况”。必须随着各种情况灵活掌握。也就是说,要视具体情况而定,以确保盆土柔润,不使太干、太潮为原则。

五、温度要求。

君子兰最适宜的生长温度为15~25℃,10℃停止生长,0℃受冻害。所以,冬季必须保温防冻。在花茎抽出后,维持18℃左右为宜。温度过高,叶片、花苔徒长细瘦,花小质差,花期短;而温度太低,花茎矮,容易夹箭早产(开花),影响品质,从而降低观赏价值。

【行家叮嘱】

君子兰喜凉爽和湿润的环境;夏季畏烈日照晒,冬季怕寒冷;在四季的养护中需重点注意以下几点,才能确保君子兰长得更好。

一、春季:小心风吹。

初春,君子兰在经过冬眠后,根系开始复苏。由于欠缺养分供应,一经风吹日晒,叶片便会出现脱水现象,令它的亮度减退,硬度、厚度降低,在严重时甚至会发生黄叶、烂叶等情况。

因此,此时更要注意:君子兰耐旱不耐湿,盆株保持一般湿润即可,浇水过多,容易造成烂根。上箭开花前,忌喷水。每周或半个月施以经过充分腐熟的液肥1次,不过以"薄肥勤施"为原则,切忌施浓肥或生肥,以避免叶焦与烂根。

二、夏季:小心日晒。

君子兰对光照的要求不严,喜半阴,怕直射光。由于夏季气温与土温较高,容易使根系发生紊乱,导致吸收营养不平衡而发生拔脖、窜叶等现象发生。

另外,由于强烈阳光照射,大大地增加蒸腾作用,如果浇水不当,叶色便会出现苍老焦黄,甚至萎蔫。

三、秋季:小心雨淋、喷水。

入秋,气候逐渐转凉,在秋雨连绵的日子里,成年的君子兰割箭下籽、上箭开花的机会较多,这时若遭雨淋或浇水过多,就会导致烂根、烂箭、烂心等现象发生。

因此,在上箭开花时,忌喷水。可每隔半个月左右,浇1次腐熟的饼肥水(1:3)。浇水时,要防止水浸入叶丛的中心,也不能让雨水淋入叶丛之中,以免发生烂蕊。严重时,甚至会使全株腐烂致死。

四、冬季：小心低温、干燥。

冬季，当君子兰处于 5℃ 以下低温时，必须使盆土保持湿度 70% 左右，就不会使它因干燥而冻伤。若水分不到 20%，则易干冻致死。

霜降前，应将室株放置于室内有阳光的地方，要注意防冻保暖，半个月左右可将盆株转动 180°，以利叶子生长的整齐美观。

冬季室内保持温度在 6~7℃ 时，就可以安全越冬。可每个月施一次发酵过的饼肥，每 10 天左右浇 1 次液肥，注意氮肥不宜多施。在开花前 3 个月，施液肥以磷、钾肥为主，可促其抽箭开花。

冬季，君子兰进入休眠时期，水分蒸发量会相对减少，盆土只要保持湿润即可，但宜偏干些。切忌经常断水、积水或浇半截水，否则也会引起焦叶或烂根。

另外，君子兰在全年的养护过程中，对盆株要经常用清水喷洒，喷后最好用细布抹干，这样不但可增加叶子的光洁度，还可提高观赏价值。

8 仙人掌：夜间吸收二氧化碳

仙人掌是仙人掌科多年生常绿灌木，又名仙人扇、仙桃、月月掌。其茎为椭圆形，绿色，扁平，肥厚肉质，茎节相连，茎上具有刺丛，花生于茎上，鲜黄色，花后结实，浆果状，黄色至暗红色。在北方花期为 5~7 月，一般会在早晨和傍晚开花。而且，仙人掌最大的特点是在夜间吸收二氧化碳，净化空气。

全世界仙人掌的种类有两千多种，其中一半左右产在墨西哥，因而墨西哥有"仙人掌之国"的名称，相传仙人掌是神赐予墨西哥人的，它成为墨西哥的国花。

仙人掌还有"沙漠英雄花"的美誉。高原上千姿百态的仙人掌在恶劣环境中，任凭土壤多么贫瘠，天气多么干旱，它一直都是生机勃勃，凌空而上。

仙人掌全身带刺,有水、无水、天热、天冷都不在乎,在翡翠状的掌状茎上却能开出鲜艳、美丽的花朵,具有顽强的生命力。

【摆放位置】

仙人掌生性强健,适应性强。一般不怕酷暑高温,对环境条件要求不严,特别适合家庭栽培。

家庭栽培,南方无霜冻地区,可在室外避雨阳台越冬;而北方9月末即需入室,到翌年4月中,方可出室。

在盛夏烈日酷暑期,可张帘遮阴降温,以免盆土升温过高而损伤根系导致夏眠,或顶部新嫩组织灼伤,影响生长。

有人长期把仙人掌放在玻璃箱内栽培观赏,此法并不可取。要顺其习性,正常养护自然成形。北方冬季室内为保温防寒,避免烟尘污染,以放于明亮处用薄膜扣罩封闭为宜;控水使植株安静休眠。

【行家经验】

大型品种的单株观赏,体魄雄壮;而小型品种的组合盆栽,也是五颜六色,小巧玲珑,妙趣横生;适合室外阳台、室内几案摆放,其主要栽培技术有:

一、土壤选择。

仙人掌需土质疏松,土粒中不含过细的微尘;不含未腐熟的有机质;呈中性或微酸性,富含有机钙质。所以,需按一定比例配制培养土。可土壤1份,腐叶土2份,粗沙3份,再加上少量石灰质材料,适合于陆生类型仙人掌类及茎多肉植物。

另外,培养土应为颗粒状,颗粒状土通气透水,以避免造成根部缺氧,还可以及时排除根系呼吸时产生的二氧化碳和施肥后残存的有害盐类。在培养土使用前要用药物消毒,杀死土壤中的孢子、菌体和各种害虫,减少在栽植过程中发生严重的病虫害的几率。

二、繁殖方法。

仙人掌扦插极易成活,温室内四季都可进行,将成熟茎节切下,放置于阴处两三天,等切口稍干后,插于净沙或园土内,在插后要少浇水,但需保持盆土湿润,三周后即可生根。

三、合理施肥。

其他植物相比生长比较缓慢,因此对肥料的需求量较少。而且,仙人掌并不总是靠肥料生长,而是通过移植或盆栽来促进其生长,只要适当调整花盆的大小,进行盆栽,也可使仙人掌长得很好。

四、浇水方法。

新栽植的仙人掌先不要浇水,可每天喷雾几次即就可,半个月后才可少量浇水,1个月后新根长出才能正常浇水。

冬季气温低,植株进入休眠时,更需节制浇水。在开春后随着气温的升高,植株休眠逐渐解除,可逐步增加浇水。注意浇水时要浇得充足,达到从花盆底下部能往下滴水的程度。在土壤表面干燥时,应过一两日再浇水。

给仙人掌浇水的最佳时间,秋季应在早晨,而夏季应在清晨或晚上,冬季则应在晴天的上午及中午前后。春秋季给仙人掌浇水时一般对水温没有特别的要求,可冬季一般浇温水比浇凉水要好得多。

仙人掌肉质植物,尽管比较耐旱,即使1月不浇也不会完全死亡,但为了使它健康成长,还是必须浇水。

五、温度要求。

仙人掌对低温的抵御能力较差。在比较温暖的地区,冬季室温需保持在10℃以上,只要将盆栽仙人掌移到室内,放在能见到阳光的窗台上便可安全越冬。在比较寒冷的地区,若室内有暖气供应,一般就可满足盆栽食用仙人掌的越冬要求了。

【行家叮嘱】

尽管仙人掌适应力强,容易栽培,但在养护中还是需要注意上盆、翻盆工作,注意这些技巧,才能使其更具有观赏性。

一、上盆的方法。

上盆前要选择口径大小和深浅适宜的花盆,新盆先要用水浸透,这称作"退火";旧盆常常有水滞杂物虫卵和含碱性物质,需要在水中浸泡几小时,刷洗干净再用。

在上盆时,先在盆底放些碎瓦片、碎石子、木炭块或铺上1~3厘米厚的河沙,再填上适量的盆土,接着将仙人掌种片或幼株放在盆中央,再向盆中添土,边填土边将幼株轻轻向上提,再微微压实,令根系或茎片与盆土紧密接触,盆土填至距盆沿2~3厘米左右时为止。上盆用土需湿润,即一捏成团,一搓就散。上盆后最好放在避风半阴处养护,暂不浇水,若天气较干燥可随时喷水保苗,一般应在3~5天后再浇透水,以防止根部腐烂萎缩。

二、翻盆的方法。

翻盆主要为换土和扩大盆径。

换土就是去除旧土,换上新土,同时加上基肥,整理根窠,剪除枯根、烂根和过长根须。

扩大盆径就是更换一个盆径比较大的花盆,是为了保证根系有足够的营养生长空间。在翻盆时,宜稍干。脱盆时,令盆底朝天,并用手掌拍打盆的外壁,根团就会脱出。脱盆后要小心抖去旧土,剪除烂根、枯根和过长的根须,凡是有病菌和虫害侵染的根都应全部剪去。再移入新的花盆后浇透水,放在遮阴处养护 10 天左右,就可恢复正常生长。

注意翻盆后的植株在 1～2 个月之内不要施肥,等植株进入生长旺期后再施肥料。翻盆次数应以每年 1 次最为理想。

❀9 虎尾兰:制造维生素——阴离子❀

虎尾兰为龙舌兰科虎尾兰属多年生草本观叶植物,具匍匐的根状茎,褐色,半木质化,分枝力强,叶片碧绿硬挺,姿态刚毅,短的如匕首,长的似利剑,给人以正直、潇洒、蓬勃向上之感;叶面有灰白和深绿相间的虎尾状横带斑纹;品种比较多,株形和叶色变化较大,精美别致。

虎尾兰对环境的适应能力强是一种坚韧不拔的植物,而且虎尾兰能吸收室内有害气体,同时制造维生素——阴离子,因此被誉为"天然清道夫",已成为现代居家的常见盆栽植物之一。特别适合布置装饰书房、客厅、办公场所,可供较长时间欣赏。

【摆放位置】

虎尾兰在光线充足的条件下生长良好,应摆放在具有明亮散射光的室内养护,夏季避免烈日暴晒,冬季应放在向阳的房间保暖;若放置在室内光线太暗处时间过长,叶子就会发暗,缺乏生机。

另外,如果长期摆放于室内,不宜直接移至阳光下,应先移在光线较好处,让其有个适应过程后再见阳光,以免叶片被灼伤。

【行家经验】

虎尾兰喜阳,适应力强,花期一般在 11 月,花具香味,花小、繁多但不结

实;其主要栽培技术有:

一、土壤选择。

虎尾兰喜疏松的沙土和腐殖土,耐干旱和瘠薄。盆栽的土壤需选排水性好的,可用 3 份肥沃园土与 1 份煤渣混合,再加入少量豆饼或鸡粪作基肥。

二、繁殖方法。

虎尾兰繁殖可用叶插法或分株法。叶插法:春至夏季为适宜期。将叶片每 15 厘米剪为 1 段,扦插于沙土或细木屑,保持湿度,大约 3 个月能发根,扦插时要注意不可倒置;叶插法所得的幼苗,其叶片的斑纹常易消失。

分株法全年都能育苗,但以春季、夏季最佳,成株能在基部长出幼苗,可切取另植便得新株。

三、合理施肥。

虎尾兰对肥料要求不高,生长季每个月施 1~2 次稀薄液肥,以保证叶片苍翠肥厚。施肥不要过量,一般使用复合肥。在生长盛期,每个月可施 1~2 次肥,腐熟堆肥或氮、磷、钾均可;或是在盆边土壤内均匀埋 3 穴熟黄豆,每穴 7~10 粒,注意不要与根接触。从 11 月~翌年 3 月应停止施肥。

四、浇水方法。

虎尾兰浇水需适量,掌握宁干勿湿的原则。平时可用清水擦洗叶面灰尘,以保持叶片清洁光亮。春季根颈处萌发新植株时要适当多浇水,保持盆土湿润;夏季高温季节也需经常保持盆土湿润;秋末后要控制浇水量,保持盆土相对干燥,以增强抗寒力。

五、温度要求。

虎尾兰生长适温为 18℃~27℃,低于 13℃就会停止生长。冬季温度不可长时间低于 10℃,否则会导致植株基部发生腐烂,造成整株死亡。

【行家叮嘱】

一般一间 10 平方米的房间种植一株虎尾兰便可以净化 80% 的有毒气体。因此,很适合新装修的家庭种植;而虎尾兰的根状茎,在栽培中需精心管理,注意换盆,以利其更快生长,每年萌发新叶当年成型。

一般两三年换一次盆。早春磕出全株,去除旧土,更换以粗沙、腐叶土混合的营养土。结合换盆可同时进行分株繁殖,将茎状根周围的陈土小心除净,露出粗壮根状茎,连接适当部位,以利刀切断分别上盆。注意分株时,生长叶片拥挤的切割,不要分切成独株,这是因为每株一年只生一片叶,移栽单叶恢复很慢,而且观赏性差。另外,根状茎上有潜在漏斗状叶簇,过多分割会损伤芽。

浇水需注意。移栽上盆后不要浇水,1 周后可沿盆边浇少量的水,水多容易导致伤口断面腐烂。

❋ 10 文竹:清除细菌与病毒 ❋

文竹,又称云片竹,其实它不是竹,而是属百合科天门冬属的一种多年生藤本植物。由于其叶片轻柔,常年翠绿,枝干有节,似竹,而且姿态文雅潇洒。因此称为文竹。

文竹的纤细枝叶,犹如翠云;果实成熟后,会呈现出浓绿丛中点点红的景象,非常可爱;再加之耐阴,摆在床头、茶几,文雅大方,是一种很好的室内花卉。而且,其枝叶不仅可做插花的衬叶材料,还可药用,具有止咳润肺的功效。

【摆放位置】

由于文竹性喜温暖、潮湿的特性,在生长季节里应把花盆放在半阴的环境里,如果阳光过于直射,幼嫩枝梢里的水分会迅速蒸腾,而根部不能及时吸收补充,很容易造成叶梢干枯。因此,文竹不宜暴晒,入室后不应放在强光照的地方。

文竹应经常移放阳台见光,才可使其生长旺盛,并进行适当的整形修剪,将枯枝、弱枝剪去,以提高观赏效果。

另外,文竹喜爱清洁和空气流通的环境,要是受烟尘、煤气等有害气体的刺激,叶子便会发黄、卷缩以至枯死。

【行家经验】

文竹适宜在阴湿的环境下生长,不耐严寒,不耐干旱,忌阳光直射。其主要栽培技术有:

一、土壤选择。

盆栽文竹用土多用腐叶土、园土、沙、厩肥按 5∶2∶2∶1(体积比)配制成肥沃的混合土。在栽培过程中,盆土要求半干半湿。

二、繁殖方法。

文竹用播种或分株繁殖。室内盆栽多用分株繁殖。对生长 4~5 年的大株可进行分株繁殖,将生长过密的丛生株分为 2~3 株一盆或一丛;将其放置于半阴养护,直到发出新叶或新株时为成活。

三、合理施肥。

在文竹生长期间内可以每 10 天追施 1 次以氮、钾为主的稀薄液体肥。在施肥时注意勿侵染叶片,或是在施肥后向叶面喷雾清洗,以避免肥料对叶面产生肥害。

四、浇水方法。

文竹栽培管理中最关键的问题是浇水。浇水过多,盆土过湿,很容易引起根部腐烂,叶黄脱落;而浇水过少,盆土太干,则又容易导致叶尖发黄、叶片脱落。因此,平时浇水量和浇水次数,要视天气、长势和盆土情况而定。要做到不干不浇,浇则浇透,不能浇"半腰水",即浇水只湿润表土,下面土壤仍干燥;要以水浇下去后很快渗透而表面又不积水为度。

五、温度要求。

夏季需要放置于半阴处,还要用水喷洒叶面,以保持湿度;冬季室温不得低于5℃,否则文竹将会死亡。

【行家叮嘱】

由于文竹生长迅速,小巧秀丽的外形往往不能持久,倘若任其生长,高可达数米,则失去轻盈之态。因此,必须加以整形,使文竹矮化,其方法具体如下:

一、品种选择。

选用矮生文竹品种。矮生文竹茎无蔓性,能保持小巧玲珑之态。

二、摘去生长点。

在新生芽长到2~3厘米时,可摘去生长点,以促进茎上再生分枝和叶片,同时还可控制其不长蔓,使枝叶平出,株形不断丰满。

三、转动花盆。

利用文竹的趋光性,适时转动花盆的方向,可以达到修正枝叶生长形状的目的,保持株型不变。

四、物遮法。

用硬纸片压住枝叶或遮住阳光,使枝叶在生长时,一旦碰到物体遮挡便转茎或弯曲生长,从而达到造型的目的。

五、注意施肥。

对于幼株,在春、夏生长旺盛季节不可多施肥,一般1个月施1次肥就可;而且肥量也不能过大,要掌握清淡的原则。而对于老株而言,最好少施肥或不施肥,只需在换盆时,利用换盆机会,在盆底填装新鲜土壤,或是少量施肥。这样,不管幼株或是老株,都能保持稳定的生长势头。

六、经常修剪。

由于文竹生长较快,要随时修剪老枝、枯茎,保持低矮姿态。同时,及时剪去蔓生的枝条,以保持挺拔秀丽,疏密有致而青翠。

✺ 11 菊花:抵抗来自家电的有害气体 ✺

菊花是多年生草本植物,菊科类。株高 30～90 厘米。单叶互生,叶形变化丰富,从卵形到广披针形,边缘有缺刻及锯齿。

菊花有其独特的观赏价值,人们欣赏它那千姿百态的花朵,姹紫嫣红的色彩和清隽高雅的香气,特别是在百花纷纷枯萎的秋季,菊花傲霜怒放。古神话传说中菊花又被赋予了吉祥、长寿的含义。

菊花不仅供观赏,布置园林,美化环境,还可吸收来自家电的有害气体,减少有害气体对人们的伤害。另外,可食、可酿、可饮、可药。

【摆放位置】

菊花一般在深秋开花,每天光照不能少于 6 小时,否则,不能开花或会延迟开花。因此,菊花在室内养护时需注意摆放于阳光较好的地方。花期夜间温度最好不低于 17℃,盛花期可下降到 13～15℃,如此可延长观花期。

【行家经验】

菊花是我国传统名花,有着悠久的栽培历史,其适应性很强,喜凉,较耐寒；栽培技术主要有：

一、土壤选择。

菊花较耐干，最忌积涝；适宜地势高燥、土层深厚、富含腐殖质、疏松肥沃而排水良好的沙壤土。在微酸性到中性的土中都可生长，而以 pH 值为 6.2～6.7 较好。

二、繁殖方法。

菊花一般用扦插繁殖，也可用嫁接和播种繁殖。播种繁殖一般用于培育新品种，而嫁接多用于培养大立菊。菊花的扦插繁殖可分为芽插、嫩枝插和叶芽插。

芽插：在秋冬切取植株外部脚芽扦插。选芽的标准为距植株较远，芽头丰满。等芽选好后，剥去下部叶片，按株距 3～4 厘米，行距 4～5 厘米，然后插于温室或大棚内的花盆或插床粗沙中，春暖后栽于室外。

嫩枝插：此法应用最广。多于 4～5 月扦插。截取嫩枝 8～10 厘米作为插穗，插后要善加管理。在 18～21℃的温度下，多数品种在 3 周左右生根，大约 4 周即可移苗上盆。

叶芽插：就是从枝条上剪取一张带腋芽的叶片插之。这种方法仅用于繁殖珍稀品种。

三、合理施肥。

菊花除了施基肥外，在菊苗正常生长时，10 天左右施一次淡肥水；立秋后，植株生长旺盛，施肥次数需增加，而肥料浓度也可加大；当花蕾形成时应施含磷肥料，施肥应于傍晚进行，等第二天清早再浇一次水，以保证根部正常呼吸。注意施肥时不可沾污叶面。在菊花生长前期要经常松土除草，不使土壤板结，以利根系发育。

四、浇水方法。

栽培菊花,浇水方法非常重要。一般情况下水分不宜过多;而高温干旱时每日浇水2次,可经常进行叶面喷水,补充水分,增加空气湿度,降低叶面温度,以延长叶的寿命,提高光合能力。浇水时间为天冷时中午浇水,夏季浇水应在早晚。

五、温度要求。

菊花的适应性很强,喜凉,较耐寒,生长适温18～22℃,最高32℃,最低10℃,地下根茎耐低温极限一般为−10℃。植株进入花芽分化期,白天温度需维持20℃,夜间温度15℃,这样有利于花芽分化。当然,品种类型不同,其对温度感应也有所不同。

【行家叮嘱】

栽培菊花,往往需要控制其高度,以获得紧凑而美观的株形。在栽培中,使菊花矮化一般可采取以下措施。

一、注意上盆。

菊花上盆时,盆土应放至盆高的1/2,然后再随着茎干的长高而逐渐加土。再上盆时适当浅栽并且要先栽小盆,以避免小苗因水分与养分充足而徒长,在立秋后可再换入大盆。

二、定时对菊花摘心。

摘心是控制菊花高度,以防止其徒长的好办法。摘心的时间与次数视扦插的时间、栽培的方法以及品种特性等情况而定。一般而言,扦插时间早,留花数多,生长势强的摘心次数可多,反之则少,甚至不摘心。最后一次摘心,即定头应在立秋前进行,要是过早,茎会生长过高。

三、严格控制肥水,同时定期喷施矮壮素。

浇水宜在上午10时前进行。这样可以令盆土在夜间保持干燥状态,从而控制菊花茎干的生长。傍晚如果菊叶缺水萎蔫,可在花盆四周喷水,借以提高空气湿度。注意不要在傍晚时浇水,因为如果夜间盆土潮湿会导致茎生长加快,难以控制高度。

此外,在苗期至花蕾形成的期间,可每 10 天用矮壮素喷洒菊株,具有比较明显的矮化作用;在显蕾后应停止喷施。

✿ 12 龙舌兰:强力吸附甲醛和苯 ✿

龙舌兰是龙舌兰科,属多年生常绿植物,又名龙舌掌、番麻。植株高大,叶色灰绿或者蓝灰,长可达 1.7 米,宽 20 厘米,基部排列成莲座状。叶缘刺起初为棕色,后为灰白色,末梢的刺长可达 3 厘米。花梗由莲座中心抽出,花黄绿色。

因其叶片坚挺,四季常青,是南方园林布置的重要材料之一,在长江流域及以北地区常做温室盆栽或花槽观赏,布置庭园和厅室,可增添热带风光。另外,龙舌兰对甲醛和苯还有强大的吸附能力,在 $10m^2$ 左右的房间内,可吸收 70%的苯、50%的甲醛以及 24%的三氯乙烯。

【摆放位置】

龙舌兰较喜光,非常能适应日照充沛的环境,如果环境中的阳光不够充足时,常常会使植株的生长不好,而失去它原有的英姿,因此需要经常放在外面接受阳光,花叶品种在夏日仍需适当遮阴,以起到保持色泽鲜嫩的作用。

在冬季,日照条件比较差,需要特别关注龙舌兰的摆放位置,尽量提供充足的日照,如此才能有益于龙舌兰的生长。若所处位置的光线较暗,则需保持低温、不浇水,而且保持干燥,否则会引起腐烂。春天需立即恢复光照。空气湿度达到 40% 左右即可。

【行家经验】

龙舌兰喜温暖干燥和阳光充足环境, 稍耐寒, 比较耐阴, 且耐旱力较强; 它栽培管理较简便, 其栽培技术主要有:

一、土壤选择。

由于龙舌兰对于环境的适应能力非常强, 纵然是在相当贫瘠的土壤上生长, 也不会影响到植株的发育。也就是是说龙舌兰对土壤要求不太严格。但是, 介质肥沃、疏松、排水良好仍会使龙舌兰生长得更为良好。盆栽常用腐叶土和粗沙的混合土。

二、繁殖方法。

在龙舌兰漫长的生命中, 有时候会长出一些侧芽, 可利用这些侧芽来进行繁殖; 除此以外, 分株法也是一种常用于龙舌兰的繁殖方法; 可在早春 4 月换盆时进行, 将母株托出, 将母株旁的蘖芽剥下另行栽植。

三、合理施肥。

龙舌兰生长期每个月施肥 1 次, 切勿经常喷洒肥料。否则, 容易引起肥害。在入秋后, 龙舌兰生长缓慢, 控制浇水, 保持干燥, 停止施肥。

四、浇水方法。

龙舌兰生性十分强健, 对于水分的要求并不苛刻, 但在它的生长期间还是必须给予充分的水分, 这样才能使其生长良好。

除此以外, 冬季休眠期中, 龙舌兰不宜浇灌过多的水分, 否则很容易导致根部腐烂。

五、温度要求。

龙舌兰具有坚硬的生命力, 这自然也就表示龙舌兰可以忍受比较恶劣的环境。在南方,即使是冬天寒流来袭时,只要有充足的阳光,龙舌兰也能适应。龙舌兰合适的生长温度为15～25℃,在夜间10～16℃生长最好。龙舌兰最低的生长温度为7℃左右,因此当温度过低时,最好移到室内养护,其余时间可在户外栽培。

【行家叮嘱】

龙舌兰和芦荟都属多年生常绿多肉植物,茎节短,叶面有白粉,边缘和顶端有刺。二者的植物形态相似,龙舌兰的汁液有毒,所以当心误食。而芦荟品种除了少数几种如上农大叶芦荟、木立芦荟可以食用鲜叶外,大多数品种也只是观赏植物。另外,某些芦荟品种还是有毒的,也需注意。下面看看它们具体都有哪些区别吧。

一、科属不同。

龙舌兰是龙舌兰科、龙舌兰属;芦荟则是百合科、芦荟属。

二、刺不相同。

龙舌兰叶子边缘有钩刺,硬而尖,叶的顶端有一个坚硬的暗褐色刺;而芦荟的刺没有前者硬,它的刺是向着两边生长的,并且是越向顶端刺越小。

三、叶子不相同。

龙舌兰的叶子尽管是肉质的,但是把它的叶子折断后里面有细线状的筋,不会流出汁液,看上去也不透明。而若将芦荟的叶子折断,里面是无筋的,还会流出黏性汁液,而且带有黄色,其肉质部分是透明的。

四、花与果不同。

龙舌兰的花序是圆锥形的、淡黄绿色,果则是椭圆形或球形;而芦荟是总状花序,从叶丛中抽生,小花密集,橙黄色并略带有黄色斑点,花萼绿色,果是三角形的。

五、出叶的方式不相同。

龙舌兰是最外的一片叶子包着里面的叶子，呈圆锥形，一层一层向外长；芦荟从小叶开始都是分开的，能清清晰地看到最里面的叶子。

❋ 13 夏威夷椰子：蒸发水气，保持湿度 ❋

夏威夷椰子，又名竹节椰子，它原产于墨西哥、危地马拉等地，主要分布在中南美洲热带地区。我国台湾省有批量种植栽培，已成为主要产地之一。

夏威夷椰子枝叶茂密、株姿优美；叶色浓绿，且富有光泽，羽片雅致，给人一种端庄、文雅、清秀之美感；又易开花结籽，能长期摆放于室内，是室内观叶植物的新秀，特别适合室内栽培观赏，可用于客厅、书房、会议室、办公室等处绿化装饰。另外，夏威夷椰子可蒸发水气，调节室内湿度。

【摆放位置】

夏威夷椰子喜高温高湿，耐阴性极强，春夏秋三季可摆放在室内任意位置，一般在室内阴暗环境摆放 1~2 个月对植株观赏不会有太大的影响。冬季宜放在阳光较充足处。

夏威夷椰子怕阳光直射，忌强光，夏季摆放在室外时，要注意适当遮阴。

【行家经验】

夏威夷椰子生长需较明亮的散射光，耐阴性强，其栽培技术主要有以下几点：

一、土壤选择。

夏威夷椰子喜疏松、肥沃的土壤，通气、透水良好、富含腐殖质的基质，盆土可使用腐叶土、园土、河沙混合配制而成。同时,还可加入少量腐熟有机肥混合配制,作为培养基质。

二、繁殖方法。

夏威夷椰子可采用播种和分株繁殖。播种种子要随采随播,在温度25℃时约3~4个月萌发。

植株在生长过程中,地下根茎可横向伸长,并可萌蘖新芽新枝,因此春季可将生长茂密的植株分切繁殖,以含3~5根的一丛为一新株种植。在分切时要注意少伤根部,同时使每一丛保留一定根系,否则恢复慢,甚至会影响成活。

三、合理施肥。

夏威夷椰子对水肥要求不严,粗生易长;花前、花后各施肥1次;生长季节为3~10月,每1~2周施一次液肥或颗粒状复合肥;追肥可施用腐熟的饼肥,比如:香油饼、豆饼等,或者用经过泡制的饼肥水浇施,也可使用复合肥等。

四、浇水方法。

夏威夷椰子平时需保持盆土稍湿润,不要过干或过湿。若是用塑料盆栽植时,一定要少浇水,以避免根系腐烂。花期应注意水分供应。夏季需常向叶面和地面喷水,保持湿润的小气候,以提高环境的空气湿度,这样利于植株生长并保持叶面浓绿,富有光泽;在秋末及冬季要适当减少浇水量,保持盆土湿润不干即可,可增强植株抗寒越冬能力。

五、温度要求。

夏威夷椰子生长适温为20~30℃,越冬温度为10℃。越冬期间需注意保暖。

【行家叮嘱】

夏威夷椰子粗生易长,易栽培。不论你精养、粗养,它都能始终保持叶片的浓绿色,但在栽培过程中仍有有两点需注意:

一、注意保护顶芽。

由于夏威夷椰子茎干不会分枝。因此,要十分小心保护好顶芽,一旦顶芽被损坏,这一枝就再也无法发出新芽来了。

二、分株繁殖需谨慎。

夏威夷椰子一般采用分株繁殖,分株后的植株尽管不会死亡,但在 2~3 年内是难以恢复生机的,不容易再从根部萌发新枝,所以进行分株繁殖要慎重。

14 白掌:吸收废气——氨气与丙酮

白掌,为多年生常绿草本观叶植物,是芋类的一种普通植物;其株高 40~60 厘米,短根茎,多为丛生状。叶长圆形或近披针形,两端渐尖,基部为楔形。花期为 5~8 月。花为佛苞,花大而显著,淡香,呈叶状;花梗长而高出叶面,白色或绿色。

因花并无花瓣,只是由一块白色的苞片和一条黄白色的肉穗所组成,酷似手掌,因此名为白掌。

白掌不但叶片轻盈多姿,花儿亭亭玉立,洁白无瑕,给人以"纯洁平静、祥和安泰"之美感,被视为"清白之花"。

由于白鹤花叶兼美,轻盈多姿,生长旺盛,因此深受人们的青睐,常用于室内绿化美化装饰。并且,它还是吸收室内废气的"专家",能吸收人体呼出的废气如氨气和丙酮;另外,它也可以过滤空气中的苯、三氯乙烯和甲醛等。

【摆放位置】

白掌要求半阴条件,特别是夏季不能放在阳光直射的地方,若是光线太强,叶片容易灼伤、枯焦,叶色暗淡,失去光泽。但若长期光线太暗,植株生长不健壮,也不易开花。

在家中,摆放的位置最好是靠近阳台的地方。

【行家经验】

白掌喜温暖、湿润、半阴的环境,忌烈日直晒;要求疏松、通气良好的土壤;其栽培技术主要有:

一、土壤选择。

白掌需要疏松、排水和透气性良好的盆土,pH 值保持在 5.5 左右。基质可以选择普通东北泥炭或者进口德国泥炭,但均需要添加15%～20%的珍珠岩,并搅拌均匀。要挑选颗粒大的珍珠岩,而且注意尽量不要把珍珠岩搅碎。

二、繁殖方法。

白掌用分株或播种繁殖。分株一般在春季结合翻盆换土时进行,对生长健壮的植株 2 年左右可以分株 1 次。早春在新芽生出之前对植株进行脱盆,先去掉根部旧培养土,再在株丛基部用利刀将根茎切开,分开的小株丛应带有 3 个以上的芽,在分株后及时上盆。

开花后的植株经人工授粉可获得大量种子,种熟后需随采随播。

三、合理施肥。

由于白掌分蘖相对较多,施肥可以多些。施肥的最佳时机是在每次浇水前1～2 小时,如此可以使营养液在叶片上停留至少 1 小时,有利于叶面吸收,并且营养液浸入根部并通过根部再次吸收。

四、浇水方法。

由于白掌原产于委内瑞拉的热带雨林,白掌喜湿润环境。因此在平时的养植过程中,要供给充足的水分,以保持盆土湿润,不能等到基质完全干透再浇水。高温期还应向叶面喷水。基质始终要保持湿润。

需注意："见干见湿"的水分管理对白掌并不适用,而且也增加了其根部感染疾病的机会,不利于生长。其浇水的方式以顶部喷淋为佳。

五、温度要求。

白掌为喜高温种类,需在高温温室栽培。白掌需要的日间和夜间温度最适宜为 20～21℃,最高不要超过 24℃。若是日间温度较高,作为补偿,夜间温度可以适当降低。比如,日间温度有 6 个小时在 27℃,那么夜间需使温度有 6 个小时保持 9℃。其他情况按次类推。特别要注意的是,若白掌长期处于低温状态,很容易引起叶片脱落或呈焦黄状。

【行家叮嘱】

催花技术是种植迷你型白掌过程中最关键的一步,除了在栽培过程中注意环境控制外,还需使用化学试剂进行催花处理。栽培中效果比较好的试剂为赤霉素。在使用过程中需注意以下几点:

一、赤霉素的存储环境。

赤霉素必须存储在 4～8℃的环境,以保持赤霉素的药效。在配制赤霉素溶液的时候必须使用冷水,若使用温水则会大大降低其药效。

二、催花时室内的温度必须低于 25℃。

若是温度高于 25℃,花期则会推迟 2～5 周,严重时甚至会造成无花。

三、施用浓度。

施用浓度为 160mg/kg,喷施一次便可。

四、催花时间。

一般在定植后第 5 周进行,此时盆径为 9 厘米的植株高度大约为 15～20 厘米。在催花后 10 周左右就可见花。

五、喷洒赤霉素进行催花后,不可以立即浇水。

必须使赤霉素在植株上和土壤中存留一定的时间,令其充分发挥药效。

15 富贵竹:提高局部环境质量

富贵竹,又名达龙血树、绿叶仙龙血树,属常绿小乔木。其茎干直立、粗壮,株态玲珑,高达 2 米以上,叶片浓绿,叶长披针形,生长强健,水栽易活。

富贵竹品种有绿叶白边,即称银边;绿叶黄边、即称金边;绿叶银心、即称银心。绿叶富贵竹又称万年竹,其叶片浓绿色,长势旺,象征富贵,深受人们的喜爱,栽培较为广泛。

富贵竹粗生粗长,茎杆挺拔,叶色浓绿,冬夏常青,无论盆栽还是剪取茎干瓶插或加工"开运竹"、"弯竹",都显得疏挺高洁,茎叶纤秀,姿态潇洒,富有竹韵,观赏价值极高。

【摆放位置】

水养的富贵竹一般放在客厅和办公桌上。在空调环境下,空气干燥,很容易使叶片脱水,所以不要放在有空调的环境下。即使有空调也应放在靠窗的位置,便于空气流通。可每天喷几次水以保持叶片湿润。也不要将富贵竹摆放在电视机旁或空调、电风扇常吹到的地方,以免叶尖及叶缘干枯。

富贵竹是喜阴类植物,它对光照要求不严,适宜在明亮散射光下生长,光照过强、暴晒会引起叶片变黄、褪绿、生长慢等现象。因此,不宜放在太阳下暴晒;而冬季应放在比较暖和的环境里。

【行家经验】

富贵竹性喜阴湿高温,耐阴、耐涝,抗寒力强;喜半阴的环境;其栽培技术主要有以下几点：

一、土壤选择。

适宜生长于排水良好的沙质土或半泥沙及冲积层黏土中，土壤应干干湿湿为宜。土壤过湿，要减少浇水和停止施肥。

二、繁殖方法。

富贵竹长势、发根、长芽力强。因此，常采用扦插繁殖，只要气温适宜整年都可进行。一般剪取不带叶的茎段作插穗，长约 5～10 厘米，最好有 3 个节间，然后插于沙床中或半泥沙土中。在南方春、秋季一般 25～30 天可萌生根、芽，35 天便可上盘。

另外，水插也可生根，还可进行无土栽培。

三、合理施肥。

富贵竹生根后要及时施入少量复合化肥，则叶片油绿，枝干粗壮。如果长期不施肥，植株生长瘦弱，叶色容易发黄。不过，施肥不能过多，以免造成"烧根"或引起徒长。在春秋两季每个月施1次复合化肥就可。

四、浇水方法。

夏季每天喷水 1 次，洗净叶面灰尘，以提高湿度；平时喜湿润，生长季节应保持土壤湿润，并常向叶面喷水或洒水，以增加空气的湿度；但水多会徒长，影响美观，一般保持土壤湿润即可。

五、温度要求。

富贵竹适宜生长温度为 20～28℃，可耐 2～3℃低温，不过冬季要防霜冻。夏秋季是高温多湿季节，对富贵竹生长十分有利，是其生长最佳时期。

【行家叮嘱】

富贵竹可以制成宝塔形，作为礼品赠送，代表吉祥、富贵、发财恭喜之意；

在其栽培中要注意控制顶侧芽,以使得富贵竹长得好,更具有观赏价值。

一、控制顶侧芽。

富贵竹的枝叶容易无休止地疯长,如不处理,会影响观赏效果;抑制枝叶徒长的办法有:

1.控制浇水。要放在低温,18℃以下养护,需经常换水,以防止根部腐烂。

2.摘心。各茎段顶芽长到 1 厘米时,抽掉顶尖,也就是用左手固定竹塔,右手的拇指、食指小心捏紧尖端两小叶,用力外抽抽出心叶,要小心不要伤及别的小叶。

二、造型。

富贵竹具有吉祥的意思,无论送人或是自己观赏,都是美的享受,还可以根据喜好,为其造型。

1.宝塔形。富贵竹生长强健,生命力强,繁殖力强,而且管理容易,根据这些特点,采用大量繁殖新竹,截取众多长短不同的茎干组成宝塔,每条茎干的上端必须带笋,要保留芽眼使每层宝塔的顶端能长芽和生长枝叶,以形成新的活的宝塔。

2.瓶式盆景。截取富贵竹茎尾长大约 20 厘米,扦插在花瓶或挂瓶中,然后放水深 5 厘米,数天换水一次,平时可放在室内阴凉通风的几案上,经久可保持叶色翠绿,别有一番情趣。

3.绿色柱子。在厅堂屏风的两侧放置两盆富贵竹,若长期不移动不修剪,任其自由生长,使之扶摇直上,可长高 1 米以上,便形成绿色的柱子。

4.丛林式盆景。新竹长大后可剪除老、弱、密竹,适当修剪整形,从而制成丛林式;定型后剥除竹干下层干枯杆和老叶,可看见青翠、明亮、富有光泽的竹节,与山石相互映衬,可提高观赏效果。

16 万年青：眼的三氯乙烯

万年青，别名九节莲、冬不调草，是百合科，属多年生常绿草本。其地下具短粗的根状茎，叶自根状茎顶部丛生而出，带状或倒披针形，花莛较短，自叶丛中抽生，顶生穗状花序，小花白色密集，浆果球形橘红色，花期为6～8月，北方盆栽很难结果，以观叶为主。

万年青原产中国，变种有金边万年青、银边万年青、花叶万年青，以及大叶、细叶和矮生等品种。

万年青干茎粗壮，叶片厚大，颜色苍翠，具强盛的生命力。大叶万年青的片片大叶伸展开来，便似一只只肥厚的手掌伸出，向外纳气接福，对家居风水有强大的生旺作用。因此，万年青的叶越大越好，并应保持常绿、常青。

【摆放位置】

万年青叶丛四季青翠，红色浆果经冬不凋。用做家庭盆栽，很适合装饰居室或书房，给人以清新明快，清雅安逸的感觉，是很好的观叶、观果花卉。

在家中摆放需经常用水喷洒叶面及周围地面，保持空气湿润。若空气过干，易使叶缘，叶尖干枯。

在盛夏时节，切忌阳光暴晒，否则叶片发黄。

放在室内，要防止叶片受烟尘污染，每周可用温水喷洗叶片一次，以保持茎叶色调鲜绿，四季青翠。

【行家经验】

万年青性喜温暖湿润及半阴条件，忌强光照射；其栽培技术主要有以下几点：

一、土壤选择。

万年青喜排水良好、肥沃之腐殖土，呈微酸性；若在碱性土中叶片会变黄。盆栽万年青，宜用含腐殖质丰富的沙壤土作培养土。土壤的 pH 值在 6～6.5 之间，这比较有利于充分发挥养分的有效性，适于植株开花结果。

二、繁殖方法。

万年青用播种、分株繁殖均可。

播种法：万年青浆果 12 月成熟，成熟后即可随采随播入细沙同腐叶土各半拌和的盆土内，然后盆上盖玻璃或扎上塑料薄膜，以保持盆土湿度、温度和光照。如果温度控制在 20℃，20～30 天即可发芽。等幼苗长到 3～4 片叶子即可分盆栽植。

分株法：万年青地下茎萌生力强，可在春、秋用利刀将根茎处新萌芽连带部分侧根切下，伤口可涂以草木灰，然后栽入盆中，略微浇点水，再放置阴处，1～2 天后浇透水即可。也可将整个植株从盆中倒出，以植株大小，用利刀分割为几部分，等伤口晾干一天或涂以草木灰，再上盆。

三、合理施肥。

生长期间，可每隔 20 天左右施一次腐熟的液肥；初夏生长较旺盛，可 10 天左右追施一次液肥，追肥中可加入少量 0.5% 硫酸铵，能促其生长更好，叶色浓绿光亮。

在开花旺盛的 6～7 月，每隔 15 天左右施一次 0.2% 的磷酸二氢水溶液，以促进花芽分化，利于更好地开花结果。

四、浇水方法。

万年青为肉根系，最怕积水受涝。所以，不能多浇水，否则容易引起烂根。盆土平时浇适量水即可，要做到盆土不干不浇，宁可偏干，也不要过湿。

除夏季须保持盆土湿润外，春、秋季节浇水不宜过勤。夏季每天早、晚还需向花盆四周地面洒水,以造成湿润的小气候;同时还应注意防范大雨浇淋。

五、温度要求。

室温宜控制在 5～12℃之间,过低易受冻害。冬季,万年青要移入室内过冬,放在阳光充足、通风良好的地方;如果室温过高,容易引起叶片徒长,消耗大量养分,以致翌年生长衰弱,影响正常的开花结果。

【行家叮嘱】

万年青在冬季气温低于5℃的情况下,花叶很容易遭受寒害,此时应及时采取挽救措施,否则就会造成死亡。

一、微度寒害。

万年青表现为叶片下垂,叶面失去应有的光泽。这时,只要将万年青搬到温度较高的地方,就可使之恢复正常,但注意不要骤然升温,要有一个适应过程。

二、轻度寒害。

万年青表现为叶片除下垂外,叶片还会发生开水烫伤样寒害斑块。这时,除了及时把万年青搬到温度较高的地方外,还需要剪去叶片上的寒斑。

三、中度寒害。

万年青表现为叶片大部分出现寒斑,叶柄出现水渍状斑块并失绿,这时应连叶带柄剪去,同时用草木灰或煤灰涂抹伤口,放入温度较高的地方,同时注意控制浇水。

四、重度寒害。

万年青表现为嫩枝新叶失绿,呈现出水渍状斑块,地下根系也因发生寒害而烂根。其挽救方法是及时将植株挖起,切除烂根部分,同时剪去受害枝茎,用草木灰涂抹伤口后,先贮藏于湿润的沙土中,等开春之后进行扦插。要是发生严重的寒害,整株植株都出现病斑,则挽救成活希望甚微,需考虑更新。

✻ 17 鸡冠花:吸附放射性元素 ✻

鸡冠花,茎红色或青白色;叶互生有柄,叶有深红、翠绿、黄绿、红绿等多种颜色;花聚生于顶部,形似鸡冠,扁平而厚软,长在植株上呈倒扫帚状。花色也是丰富多彩的,有紫色、橙黄、白色、红黄相杂等色。其种子细小,呈紫黑色,藏于花冠绒毛内。鸡冠花植株有高型、中型、矮型三种,高的可达 2～3 米,矮型的只有 30 厘米高。鸡冠花的花期比较长,可从 7 月开到 12 月。

鸡冠花不仅是夏秋季节一种艳丽可爱的常见花卉,还可制成良药和佳肴,有良好的强身健体功效。鸡冠花的花和种子可入药。花可凉血止血,有止带、止痢功效;而种子有消炎、收敛、明目、降压、强壮等作用。另外,鸡冠花还具有吸附放射性元素的功效。

【摆放位置】

鸡冠花是一种很好的观花植物,它喜温暖、干燥和阳光充足的环境;可摆放在光照较好的阳台。最好不要放置于过于荫蔽或郁闭处,那样极易黄叶。鸡冠花放在室内还能够帮助吸收陶瓷的釉面释放的有害物质。

【行家经验】

鸡冠花性喜阳光,耐贫瘠,怕积水,不耐寒,在高温干燥的气候条件下可生长良好;其栽培技术主要有以下几点:

一、土壤选择。

鸡冠花喜向阳、肥沃、排水良好的沙质土壤;而盆栽可选用肥沃、排水良好的沙质土壤或是用腐叶土、园土、沙土以 1∶4∶2 的比例配制的混合介质。

二、繁殖方法。

鸡冠花用播种繁殖,在 4~5 月进行,气温在 20~25℃时为佳。在播种前,可在苗床中施一些饼肥或厩肥、堆肥作基肥。播种时可在种子中和入一些细土进行撒播,因鸡冠花种子细小,覆土 2~3 毫米即可,不要过深。

播种前需使苗床中土壤保持湿润,在播种后可用细眼喷壶稍许喷些水,再给苗床遮上阴,2 周内不要浇水。一般 7~10 天便可出苗,等苗长出 3~4 片真叶时可间苗一次,再拔除一些弱苗、过密苗,等到苗高 5~6 厘米时即要带根部土移栽定植。

三、合理施肥。

鸡冠花为喜肥花卉。花前增施 1~2 次磷钾肥,使花朵色彩更鲜艳;等到鸡冠形成后,可每隔 10 天施 1 次稀薄的复合液肥,共 2~3 次。

四、浇水方法。

种植后浇透水,以后适当浇水,浇水时尽量不要让下部的叶片沾上污泥。在生长期浇水不能过多,开花后控制浇水,天气干旱时适当浇水,阴雨天及时排水。

五、温度要求。

鸡冠花不耐低温,性喜暖和气候。育苗温度以日温 25℃左右、夜温 20℃左右为宜。在定植之后,温度需要予以调降,为日温 25~30℃、夜温 15~20℃。当温度高于 30℃时,羽状鸡冠花花穗易松散不紧实;而头状鸡冠花则容易出现花冠畸形、花色暗淡的现象;若冬季温度低于 10℃,植株停止生长,逐渐枯萎死亡。

【行家叮嘱】

鸡冠花在栽培中如果管理养护不当,往往开花稀少、花色暗淡,会影响鸡冠花的观赏价值。想使鸡冠花植株粗壮,花冠肥大、厚实,色彩艳丽,栽培养护中需要注意:

1.生长期与开花后的浇水。生长期浇水不能过多,开花后控制浇水,在天气干旱时要适当浇水,阴雨天要及时排水。

2.摘腋芽。从苗期开始摘除全部腋芽。

3.换大盆。可在花序形成后换大盆养育,但需要注意在移植时不能散坨,否则不易成活。

二．监测室内空气的花花草草

1 美人蕉：监测二氧化硫、氯气等有害气体

"芭蕉叶叶扬遥空，月萼高攀映日红。一似美人春睡起，绛唇翠袖舞东风"。因这首诗，原产于美洲热带和亚热带的红蕉被称为美人蕉。

美人蕉为多年生草本花卉，根茎横卧粗壮，地上茎直立。花期主要在6～10月，花大而艳丽，而且颜色丰富，有大红、鲜黄、红粉、橙黄、复色斑点等，大约有50多个品种；而叶片翠绿繁茂，是夏季少花季节时庭院中的珍贵花卉。

美人蕉品种很多，常见的品种有：大花美人蕉、紫叶美人蕉、双色鸳鸯美人蕉等。目前，美人蕉属类中少见稀世珍品要属双色鸳鸯美人蕉，它引自南美，因在同一枝花茎上争奇斗艳、开出大红与五星艳黄两种颜色的花而得名，其更具观赏价值的是花瓣红黄各半，同株异渲。更为奇特之处是红花瓣上点

缀着鲜黄星点,五星黄花瓣装点着鲜红光斑,令观者惊奇赞叹。

美人蕉叶片易受害,反应敏感,但叶片在受害后又可重新长出新叶,很快恢复生长。因此,它被人们称为监视有害气体污染环境的活的监测器,能吸收二氧化硫、氯化氢,以及二氧化碳等有害物质,抗性较好。所以,美人蕉是绿化、美化、净化环境的理想花卉。

【室内摆放】

美人蕉属多年生宿根草本植物,性喜温暖湿润,不耐寒,忌干燥。在炎热的夏季,如果遭烈日暴晒,或干热风吹袭,会出现叶缘焦枯的现象。因此,在室内摆放时,要注意避免阳光暴晒及被强风吹打。在气温超过40℃时,应将其移至阴凉通风处,否则,由于闷热就会引起叶缘焦枯、叶子发黄等症状。另外,浇水过凉也会出现同样现象。

美人蕉在温暖地区无休眠期,可周年生长,摆放在家中时要注意室内温度。它在22~25℃温度下生长最适宜;5~10℃将停止生长,若低于0℃时就会出现冻害。

在美人蕉开花期间应将花盆移至阴凉处,有利于延长开花期。在花谢以后,应及时将花茎剪除,以促使其萌发新芽,长出花枝,继续开花。

【行家经验】

美人蕉,花色丰富艳丽,花期又长,是美化庭院的优良材料,其矮生品种适于盆栽。美人蕉性喜阳光充足和温暖湿润的气候,其栽培技术主要有:

一、土壤选择。

美人蕉性喜温暖、湿润和充足阳光,不耐寒,怕强风和霜冻。对土壤要求并不严,能耐瘠薄,在肥沃、湿润、排水良好的土壤中生长良好。

二、繁殖方法。

美人蕉繁殖以分株繁殖为主，也可播种繁殖。分株繁殖，可在4月下旬将越冬后的大块根茎掘起，分割成段，每段上带芽眼2~3个，连着少量须根栽种。栽植深度约为8~10厘米，株距约60~80厘米，浇足水即可。新芽长到5~6片叶子时，要施一次腐熟肥，当年即可开花。

美人蕉采用播种法繁殖较少，只是在培育新品种或大量繁殖时采用。播种一般在每年3~4月在温室内进行。由于其种子外壳坚硬，播种前应用刀将壳割破，再用25~30℃温水浸泡一天，再播种容易出芽。如果气温保持在22~25℃左右，1周即可出芽，等苗长出2~3片叶子，再进行移植。.

三、合理施肥。

美人蕉栽植时要深刨土壤，施足基肥。基肥以有机肥料为主，并适量加入豆饼、骨粉或过磷酸钙等。栽后要注意浇水，不使落干。开花前施腐熟人类尿等追肥2~3次，可利于开花。生长季节只需松土除杂草，不必频繁施追肥，可每个月追施1次液肥，盆土要保持湿润，并将花盆放在阳光充足之处。

四、浇水方法。

美人蕉喜温暖、湿润的气候，怕霜冻、水涝。栽种后，每隔7~10天浇1次水。雨季应注意排水，以防烂根。在高温或大风情况下美人蕉需水较多，应注意保持土壤湿润。

家庭贮藏可将根茎放在花盆内，用沙土埋藏，放置于室内无阳光直射的地方。在贮藏期间不可浇水，否则易腐烂。

五、温度要求。

美人蕉是亚热带花卉，喜欢温暖的气候，充足的阳光。在气温25~28℃时，开花快，一般7天左右即可赏花。

在北方，如果想让美人蕉冬季开花，必须于10月中旬前移入室内。若室内温度保持在15～18℃,花期可延长到新年。

【*行家叮嘱*】

在我国北方很多地区,美人蕉不能在露地安全越冬,需要适时将其根茎自土中掘出,然后另加贮藏。其方法和注意事项如下:

一、提前控水标记。

在10月中旬以后,对美人蕉要适当控制浇水。10月下旬在决定掘出根茎前的3~5天,一定要禁止浇水,以便土壤松干,减少抱根宿土。同时,还要注意根据花色、品种,分别做出标记,并淘汰那些不良变异株,进而认真做到分别采收,分别贮藏,以避免次年春季盲目种植,不能主动地调配花色及色块。

二、及时采收晾晒。

10月下旬霜降前后,为了避免美人蕉的根茎遭受霜害,应及时将盆栽和地栽的植株移出。自茎基部剪掉茎叶,然后小心地掘出根茎,不要掘伤,然后轻轻抖掉宿土,放在阳光下晾晒3~5天,使根茎表皮以及操作创伤处干燥,增加其内在抗性。

此外,在晾晒时期,若气温骤然下降或雨雪交加,还需注意及时采取覆盖措施,以保证防寒、防冻、防霉,利于贮藏。

三、确保低温贮藏。

贮藏美人蕉根茎,0~5℃范围的低温环境,最为适宜、安全。若是温度低于0℃,根茎会因冻害而"丧生";而若温度偏高,根茎则会提早发芽,也不利于次春的生长、开花。

2 虞美人：监测硫化氢

关于虞美人，曾有一段关于"霸王别姬"的凄美故事，据说是"霸王别姬"的染血处，后来长出了被后人称为"虞美人"的花儿。也正是因为这样一个故事，虞美人象征着至死不渝的爱情，而花儿本身也是美丽惊艳的。

虞美人，别名丽春花，属罂粟科，一二年生草本花卉，花期4~5月。它的叶片不大，叶为互生状，而且有不整齐的粗锯齿边；它的特别之处是它的花儿，常常是单独一朵开在长长的花梗上，4瓣或重瓣，花瓣质薄如绫，光洁似绸。当花儿还是含苞待放的时候，花蕾总是微微下垂，好似那"千呼万唤始出来，犹抱琵琶半遮面"的娇羞不胜的美人；等到它完全开放了，才会抬起它那美丽的"头"，露出白里透红的脸蛋。

虞美人和罂粟虽是同科同属，但是不同种的两种植物。不能把二者混为一谈，更不要把虞美人当作了罂粟。虞美人还是比利时的国花。

不过，值得注意的是，虞美人全株有毒，植株含有毒生物碱，误食后会引起中枢神经中毒，严重可致生命危险。因此，在家中种植时，要注意不要让小孩误食。

【室内摆放】

因虞美人植株较为高大，若在阳台上进行盆栽，最好选择直径在50厘米以上的大盆，它喜阳光充足、通风良好的环境，要加强光照管理。

另外，虞美人耐寒，喜凉爽忌高温，还要避免潮湿或强风。

【行家经验】

虞美人娇艳动人，加之又是优良的观赏花品种，因此常作布置花坛、盆花

或切花用,也是庭院的精细花草,而且它对硫化氢这样的有毒气体有特别的抗性,其栽培技术主要有:

一、土壤选择。

虞美人不宜在过肥的土壤上栽植,对土壤要求不严,但由于根系深长,以深厚、肥沃、排水良好的沙质壤土为最好。另外,虞美人的种子细小,播种时土壤要整平、打细,经常做松土工作。保持行距 20 厘米,播后用地膜覆盖,或于早春地表刚解冻时播种,等出苗后逐步揭去地膜。

二、繁殖方法。

虞美人不耐移植,以播种方式繁殖。在春、秋季均可播种,一般情况下,春播在 3~4 月,花期 6~7 月;秋播在 9~11 月,而花期为次年的 5~6 月。如果为了收集种子,最好采取秋播的方式。土壤整理要细,做畦浇透水,然后撒播或条播。在冬季严寒的华北地区,幼苗难以越冬,因此多采用初冬"小雪"时直播,这样可令其在春季尽早萌发生长。

三、合理施肥。

在虞美人生长期间每个月施肥一次,注意不要过量用肥,否则容易发生病虫害。可在 4 月下旬施一次氮肥,到 5 月上旬施一次磷钾肥,可促使发枝开花,且花大色艳、开放有力。

四、浇水方法。

地栽的一般情况下不必经常浇水,经常保持湿润即可。盆栽视天气和盆土情况 3~5 天浇水 1 次。在越冬时少浇,开春生长时应多浇。

另外,要注意雨后应及时排水。

五、温度要求。

虞美人耐寒,怕暑热,喜阳光充足的环境;发芽的适合温度为 15~20℃;而生长的适温为 5~25℃。

【行家叮嘱】

虞美人花姿美好,色彩鲜艳,是优良的花坛、花境材料,也可盆栽或切花用,对于生活在城市的人们来说,盆栽和切花是比较符合实际,也是比较常见的,下面就这两点给大家传授一些秘诀。

一、盆栽。

1.购买。购买一棵生长良好的虞美人非常关键,购买的时候,应选择刚长出 1~5 片真叶的幼苗,特别是 3~5 片真叶的更好。因为,选择这样的幼苗其成活率更高。

2.生育期的养护。在生育期间,浇水不宜过多,以保持土壤湿润为佳,另外,施肥也不能过多。否则,植株生长过高,就会影响开花和观瞻,一般从孕蕾到开花前施 1~2 次稀薄饼肥水或复合肥就可以了。

3.修剪。虞美人在开花后,要及时剪去凋萎的花朵,这样避免凋零的花朵继续吸取部分养分,使余花开得更好,且可延长花期。

4.光照。虞美人喜充足的日光照射,天气晴朗的时候,应将花接受日照,日照时间不应少于 4 小时,否则,植株就会生长的瘦弱,花色暗淡,影响观赏效果。

二、切花。

用作切花者,必须在花朵半放时剪下,剪下后,立即浸入温水中,防止乳汁外流过多,否则,花枝就会很快萎缩,花朵也不能全开。

3 杜鹃:监测室内甲苯

杜鹃花的代表品种,就是俗称的"映山红"。杜鹃花是世界上最著名的花卉之一。有常绿性的,也有落叶性的。在全世界 800 多个品种中,中国占有 600

多种因此,杜鹃花被推举为中国候选国花之一。尼泊尔就把杜鹃花定为国花,其国徽中有一朵盛开的红杜鹃花。

杜鹃花十分美丽。管状的花,有深红、淡红、玫瑰、紫、白等多种色彩,当春季杜鹃花开放时,满山鲜艳,像彩霞绕林,被人们誉为"花中西施"。五彩缤纷的杜鹃花,唤起了人们对生活热烈美好的感情。不仅如此,杜鹃花还能降低室内空气中甲苯的浓度。

【摆放位置】

杜鹃花花形大而美丽,花期长,要求充足的阳光。如放在室内观赏,光合作用受到限制,花株体内的有机养分很快消耗而致死,故室内摆放时间不宜长,应经常置于室外阳光充足的场所。

杜鹃花性喜通风、凉爽的生长环境。一般家庭养花,多在阳台上,由于通风不良,太阳辐射热不能及时对流散失,形成高温燥热的环境,这种小环境极易引起红蜘蛛等害虫的繁殖。为此,应将杜鹃花放在阴凉湿润而又通风良好的环境中,并经常向叶面、地面洒水,以增强空气湿度。

城市楼房地暖用户,摆放杜鹃花时,盆底下要垫一层隔热物,不然因地暖温度较高,会损伤杜鹃花根系。还要放置光线相对柔和处,并避免阳台强光照。还要注意避开门口冷风直吹。

【行家经验】

杜鹃花性喜气候凉爽,空气湿度大,酸性肥沃疏松的土壤环境,在钙质土中生长得不好,甚至不生长。因此,土壤学家经常把杜鹃花作为酸性土壤的指示植物。杜鹃花栽培技术主要有:

一、土壤选择。

杜鹃花的培养土的配法很多,因栽培品种而异,但必须具备:疏松、排水通畅、通气良好,酸性土壤、腐殖质丰富、基肥充足。通常杜鹃花生活在酸性土壤才会长得旺盛,如果在碱性土壤中,不久就叶黄衰竭而死。杜鹃花被视为酸性土壤的指示植物。腐叶土一般均属酸性土,而以松叶腐殖土最好,是种植杜鹃花比较理想的培养土。

二、繁殖方法。

可分株、压条、扦插、播种等。分株,在丛生的大株落花后进行;压条,在3~4月进行,在枝条茎部削约3~4厘米,用土埋上,枝梢上部留出土外,1年后自压条茎部切离分栽;扦插,选用当年生嫩枝作插穗,在4~6月间剪取5~6厘米长的新梢,顶部留2~3片叶,插入疏松的酸性土中;播种,在春季进行。

三、合理施肥。

杜鹃花谢后每3周施用一次专用肥,连续施用2~3次。7月下旬新生枝条开始呈半木质化,也是花芽分化的开始。这时每3周施用一次专用肥,连续施用3~4次。冬季停止施肥。杜鹃花每次施肥都不宜过多,专用肥每次施用20~30粒即可。

四、浇水方法。

杜鹃花怕燥热和水涝。浇水四季有别,冬季偏干为好,夏季可偏湿。春秋两季是植物生长旺季,水分要充足,但不能过勤。浇杜鹃花最好用酸性水,以pH值5∶6为宜。如果用自来水需要晾晒1~2天使用。土壤不干不浇,浇必浇透。植物根部间干间湿,可达到以水促肥,以水调气,促使植物根深叶茂的目的。

五、温度要求。

温度过高或过低,杜鹃花均有损伤,只有在适温的条件下,才能迅速而健壮地发育生长。杜鹃花应在霜降间移入室温不低于5℃的房里,春天出房以夜晚保持15℃,白天保持18℃左右为宜,生长期的适温为12～25℃。

要想提前开花,可在12月把春鹃花移入室内向阳处,保持15℃左右,并经常在叶面上洒水,可使春鹃花提早在2月开花。杜鹃花要求昼夜温差以6℃左右为宜,如昼温过高或夜温过低,均会影响花卉的营养生长和生殖生长有。

【行家叮嘱】

在室内摆放杜鹃花,可起到净化空气等作用。因此,不少人在家里摆上一两盆杜鹃花。要使花开得好、开得长,必须重视管理,其要点如下:

一、换盆方法。

给杜鹃花换盆时,将原花盆斜放,左手扶住花盆,右手的拇指伸入花盆的底孔,将泥团顶出来。小心除去旧土三分之一左右,修去部分老根及枝干。这时就可以将倒出的杜鹃花放入新盆的中央,扶正后把根须均匀地舒展开,慢慢地加入营养土,边加边用手指轻轻压紧,使根系与土密接,土不要加得太高,加到低于盆口2～3厘米处即可,有利于日后浇水。

二、盆栽塑型。

杜鹃花结合换盆适当进行修枝整形,剪除过密枝、交叉枝、纤弱枝、徒长枝和病虫枝,有利改善通风透光条件,使主枝强壮,并促使萌发新梢,来年花多、朵大、色艳。

杜鹃花开花后,残花不易脱落,为不使其消耗更多的养分,应将残花及时摘去,以促使新芽萌发。植株较矮的夏鹃,枝多横生,春季以后根部枝干上易萌发小枝,为使养分集中供给主枝和花朵的生长发育,应及时剪去。发现花蕾过多,应及时摘除一部分,使每一花枝保留1朵花。杜鹃在修剪的同时,可进行人工整形。

根据个人爱好和株形的实际状况,可以修整成下列造型。

1、伞形。培育这种株形，要让下部主干多发侧枝，再将枝条均匀分布其上，用塑料条加以绑缚。开花时花朵形成一大花球，十分美丽壮观。

2、宝塔形。这种株形要从定干时开始修剪，先对底层枝条进行整形，再向上逐层修剪，最后使整个株形呈塔状。

4 秋海棠：监测氮氧化物

秋海棠，别名相思草。原产巴西，如今在我国各地均有栽培。它属多年生常绿草本花卉，其姿态优美，小巧玲珑，叶色光亮娇嫩，花朵成簇，四季开放，无论是观叶还是观花，细赏之余，都是神韵无穷。

正是由于其具有适应性广、花期长、观赏性佳、与其他花卉配植效果好等优点，而且具有监测氮氧化物的功效。因此，深受人们的喜爱。

【摆放位置】

家庭摆放秋海棠，平时可将花盆放在阳台或庭院的半阴处养护，不要让强光直射。在盛夏高温酷暑时节，植株处于休眠状态，要控制浇水，并将其放置在通风良好的阴凉之处。

在霜降之后，要将秋海棠移入室内防冻保暖，否则遭受了霜冻，就会冻死；若在室内摆设应放在向阳处。在室温持续在15℃以上，再施以追肥，它仍能继续开花。

【行家经验】

秋海棠性喜温暖、湿润和半阴环境，既怕干燥，又怕积水；既忌高温，又不耐寒；其栽培技术主要有：

一、土壤选择。

秋海棠要求富含腐殖质、疏松、排水良好的微酸性砂质壤土。盆栽秋海棠宜用肥沃、疏松腐叶土或泥炭土，pH5.5～6.5 的微酸性土壤。

二、繁殖方法。

秋海棠常用播种法和扦插法繁殖。

播种法：华东地区一般最适宜在春季 4～5 月以及秋季 8～9 月。应将种子均匀撒播在盆内的细泥上，注意不需要覆土；然后将播种盆用盆底吸水法吸足水，再盖上一块玻璃放在半阴处，10 天之后就能发芽。春播的苗，在当年秋季就能开花。

扦插法：一年四季都可进行，但成苗后分枝较少，除重瓣品种外，一般不建议采用此法繁殖。另外，高温多雨时因气候潮湿，容易造成茎腐，若取扦插苗作无性繁殖，不应在此时进行，以避免因母株早已受到污染，而造成扦插苗腐烂，不易生根，或者有不健康植株成长。

三、合理施肥。

秋海棠在生长期每隔 10～15 天施 1 次腐熟发酵过的 20%豆饼水，菜子饼水，鸡、鸽粪水，或者人粪尿液肥。在施肥时，应掌握"薄肥多施"的原则。若肥液过浓，或施以未完全发酵的生肥，会造成肥害，轻者使叶片发焦，重则导致植株枯死。

在施肥后，要用喷壶在植株上喷水，可以防止肥液粘在叶片上而引起黄叶。夏季和冬季，其生长缓慢，可少施或停止施肥，也可避免因茎叶发嫩、抗热和抗寒能力的减弱而发生腐烂病症。

四、浇水方法。

浇水工作要做到"二多二少"、"不干不浇，干则浇透"。春、秋季节是生长开花期。因此，水分要适当多一些，盆土稍微湿润一些；而在夏季和冬季是秋海棠的半休眠或休眠期,水分要少些,盆土稍干些,尤其是冬季更要少浇水,盆土要始终保持稍干状态。

另外,浇水的时间在不同的季节也有区别。冬季浇水需在中午前后阳光下进行,夏季浇水要在早晨或傍晚进行为宜,这样气温和盆土的温差较小,有利于植株的生长。浇水时应避免弄湿叶片。

五、温度要求。

秋海棠在半阴、温暖而空气相对湿度在80%以上的环境中生长最好;高温高湿会加快病菌繁殖。因此,栽培时应避免密植,以利通风。

温室种植时,若气候正值日夜温差大,需避免在傍晚浇水,以免夜温下降,导致湿度过高,甚至水汽凝结。

另外,适当地控制温度,亦可抑制病害传播。

【行家叮嘱】

秋海棠是人们普遍栽培的花卉之一,但在栽培过程中,常会因管理不善出现一些生理病害,需要引起我们的重视:

一、植株生长矮小,叶片发红。

出现这种情况主要是植株严重缺肥所造成的。通常遇到此类情况可每隔7~10天施一次腐熟的稀薄液肥或复合化肥。

二、叶落茎枯。

秋海棠夏天高温季节处在生长慢或半休眠状态,这时的盆土宜偏干一些,不可过湿,否则容易造成叶落茎枯,甚至引起根部或茎部腐烂,甚至死亡;但盆土也不可过干,过干则会引起叶片萎蔫或焦枯。浇水应干湿相宜。

三、植株生长柔弱细长,花色及叶色发白。

这主要是由于生长季节光照不足所引起的。对秋海棠应给予适当光照,以利花色艳丽,但注意不可在烈日下直晒。否则,会因受日光灼伤而出现叶片卷缩,还易发生焦斑。

❀ 5 梅花:监测甲醛、氟化氢、苯 ❀

"春为一岁首,梅占百花魁",梅花是"东风第一枝"。隆冬时节,雪花漫天、百花肃杀,而梅花却迎着冰雪,悄然开放。每到"千里冰封,万里雪飘"的季节,人们都十分钟情梅花,梅花成了寒冬中最温情的慰藉;而且梅花可监测甲醛、氟化氢、苯和二氧化硫这些有害气体,成为人们家中的常客。

梅花,蔷薇科李属,其性耐寒喜暖,看着梅花就是看到希望,因为漫长的冬天就要过去了,在梅花身后,将走来一个生机勃勃的春天!

腊梅和梅花不同,腊梅不是梅花,它属腊梅科。只因其花形似梅,在腊月开放,因此称腊梅。

【摆放位置】

梅花喜欢阳光充足、通风良好的环境,不耐长期荫蔽。在充足的光照下,才能使其获得进行光合作用的条件,吸收充分的营养,生长健壮,开出既多又大的美丽花朵。

梅花移入室内要放在朝北的窗台上,或放于阳光不直射的亮处,温度在4~6℃为佳。若阳光直射,温度超过10℃,就会提早开花;同时需经常往枝上喷水,保持枝条湿润、清洁。

若光照不充足,可用电灯加光,每晚光照4~5小时,如此半个月后即可开花。梅花开花后,可将其移至桌案上少见阳光,保持半个月左右。

【行家经验】

梅花喜干燥，忌潮湿，爱阳光，喜肥沃，比较耐寒。其适应栽培的区域较广，栽培技术主要有：

一、土壤选择。

栽培梅花最好选透水、透气性好的泥瓦盆，也可用紫砂盆，但不要用瓷盆和塑料盆。在用土方面以疏松、透气者为佳，可选田园土 40%、煤渣 30%、腐殖土 30%配合应用。

二、繁殖方法。

梅花的繁殖可以用播种、压条、嫁接、分株等繁殖方法。采用较多的是嫁接法，嫁接又有切接和靠接两种方法，而采用最多的是切接。

切接的时间约在 3 月中旬左右，最好在梅花叶芽刚萌发至米粒大小时进行，若误了时机，等到叶芽发得过大或是已发出叶后，再切接就不易成活了。

梅花也可用分株法繁殖。如果只需繁殖少量几株，适合采用此法。分株繁殖一般在春季 2～3 月间叶芽尚未萌动时进行。在分株时，先把母株根部靠子株一边的土挖开，用消过毒的利刀从根部将子株与母体根须切离，另成新株。接着栽植，栽后需注意遮阴，保持土壤湿润，待到伏天过后，每隔半个月施一次液肥，这样当年即可长得枝叶茂盛，2～3 年后开花。以此法繁殖，简便易行，成活率高，而且育苗时间短，长花快。

三、合理施肥。

梅花是一种喜肥花卉，在生长过程中，它需要有氮、磷、钾肥的源源供给；不过，梅花又是不喜大肥的。因此，供肥不可过量。

春季发根后至 7 月花芽形成这段时间内，可每隔 10～15 天浇一次腐熟的稀薄豆饼液肥；等秋季花芽分化时，需停施氮肥，增施少量磷肥，这样可促使多形成花芽，还可保证花芽分化所需要的养分供给；等到 10 月上旬可再施一次液肥,促使早春开花鲜艳。要记得在每次施肥后都要及时浇水和松土,以保持盆土疏松,利于根系发育。

四、浇水方法。

盆栽梅花对水分十分敏感,盆土过湿,容易引起过早黄叶、落叶,甚至沤根而死亡。可盆土长期过于干旱,也易造成落叶,影响孕蕾开花。因此,浇水要见干见湿,不干不浇,浇则浇透。在秋凉后,浇水量要逐渐减少,这样利于枝条充实。

另外,浇水还应根据季节、气温、晴雨等情况灵活掌握。一般的说,夏季晴天,天气干燥,可于每天傍晚浇水;如果遇阴天,则应根据空气、土壤是否干燥,决定少浇或不浇,或2~3天浇一次。下大雨时,要记得倾斜盆体排水,等雨过天晴时再把盆体扶正;入秋后气温逐渐降低,浇水也应随之逐渐减少。

总之,梅花是既喜湿润又怕水涝的花卉,浇水多少,要认真掌握。养梅行家认为:梅花青叶萎衰是由于盆土过干,叶片发黄脱落则是盆土过湿引起。

五、温度要求。

梅花喜低温,在开花前有个休眠阶段,需要一定的低温刺激,才能正常开花。

在冬季,梅花落叶后,可将其移至不结冰的冷室内,或放在低温的阳台上,注意开窗通风,令其经过一段时间的低温刺激。与此同时,要加强水肥管理,每日向枝条及花盆周围喷水,以保持空气湿润。

春节前1个月左右开始逐渐升温,起初使室温保持在10℃左右,给予充足的阳光,在春节前10天可提高室温至15~20℃,即可使其应节开花。

需注意从室外移入室内的时间必须严格控制,过早会提前开花;过晚会延迟开花,一般在小雪后大雪前即阴历11月底入室为宜。

【*行家叮嘱*】

在梅花的栽培管理中,有几个重要的环节需要抓好,才能使梅花开得好,主要有以下几方面:

一、上盆和翻盆换土方法。

不论采取嫁接、扦插、压条、播种哪种方法繁殖,作为盆栽花,在花苗长到10～20厘米后,都要经过上盆。此后,为了保证其根须有发展余地,获得充分营养,每年都需要换盆,也称翻盆。

上盆一般在10月进行,将苗木带根土起出后上盆。如果是嫁接苗,则砧木经露地生长2年,根系已较以达,用30厘米口径的花盆栽种为宜。先在盆底出水眼上置一块瓦片,接着垫上粗砂或炉灰渣约2厘米厚,再放些充分腐熟的豆饼、酱渣、油枯等作基肥。需注意培养土内的含肥量不宜过多;栽好后浇一次透水;再放置在室内越冬,室内温度以3～6℃为好。

以后每年翻盆换土时间,最好在开花后的3个月进行。换盆时,要注意修剪去腐根和过盛的一部分根。

如此年年翻盆换土,还利于培养古老梅桩,每次换盆时,可有意识地提高植株的位置,令基部曲根越来越多地裸露出地表,等多年之后就可成为姿态优美、盘根错节的梅桩盆景。

二、修剪。

梅花幼树整形修剪可以造就姿态优雅,古朴苍劲,富有艺术观赏美的树形结构,使其茁壮生长、早开花、年年花繁果盛。梅花的整形修剪有夏季修剪及冬季修剪。

夏季修剪。梅花幼树夏季修剪,主要进行抹芽摘心,及时将不适宜的嫩梢枝、芽抹去,强梢摘心,从而抑制顶端生长优势,最大限度地减少养料消耗,促进分枝,增加花枝形成,使其提早开花。

冬季修剪。在落叶后进行,疏剪枯枝、病虫枝,短截徒长枝、弱花枝,可调整从属关系,促进通风透光,塑成优美的树形。

❀6 牵牛花:监测二氧化硫❀

俗话说:"秋赏菊,冬扶梅,春种海棠,夏养牵牛。"由此可见,在夏天的众多花草中,牵牛花可以算得上是宠儿了。

牵牛花别名喇叭花、牵牛、朝颜花。为旋花科牵牛属一年生蔓性缠绕草本花卉。其品种多,蓝、绯红、桃红、紫或混合色,花瓣边缘的变化也很多。茎蔓生细长,大约3~4米,全株多密被短刚毛。叶互生,全缘或具叶裂。聚伞花序腋生,1朵到数朵。花冠似喇叭样;花色鲜艳美丽;蒴果为球形,成熟后胞背开裂,种子粒大,黑色或黄白色,寿命很长。

牵牛花花期为6~10月,而且多为朝开午谢。它还有个俗名叫"勤娘子"。

每当公鸡刚啼过头遍,时针还指在"4"字左右的地方,绕篱萦架的牵牛花枝头,就悄悄绽放出一朵朵喇叭似的花来。晨曦中,一边呼吸着清新的空气,一边饱览着点缀于绿叶丛中的鲜花,真是别有一番情趣。牵牛花还可有效监测二氧化硫等有害气体。

【摆放位置】

牵牛花为夏秋季常见的蔓性草花,可作小庭院及居室窗前遮阴、小型棚架、篱垣的美化,也可作地被栽植。

【行家经验】

牵牛花生性强健,喜气候温和、光照充足、通风适度,不怕高温酷暑、属深

根性植物,其栽培技术主要有:

一、土壤选择。

牵牛花对土壤适应性强,无严格要求,较耐干旱盐碱、瘠薄;但在肥沃湿润的沙质土壤中生长更旺。地栽土壤宜深厚。

二、繁殖方法。

牵牛花以播种方式进行繁殖。我国南方于4~5月间在露地播种,而北方则需要提前在温室内播种。由于牵牛花的种子具较硬的外壳,所以在播种前应先割破种皮,或是浸种一昼夜,滤去水后用湿布包裹,然后放置于20℃环境中,每天洒水1~2次,大约过3~4天种子萌动后,取出植入土中。播后覆土1~2厘米,浇足清水,大约1周后可出苗;出苗率约为60%。当叶子展开时,应及时间苗,或带土移植,每穴保留1株壮苗。

三、合理施肥。

小苗生长前期应勤施薄肥,肥料宜选择氮、钾含量高,磷适当偏低的,氮肥可选择尿素,而复合肥则选择氮、磷、钾比例为15:15:15或含氮、钾高的,浓度控制在0.1%~0.2%。

冬季盆花,在3~4月勤施复合肥,视生长情况,可适当追施氮肥。

四、浇水方法。

栽在地里的牵牛花,它的根系非常发达,通过庞大的根系,可以将泥土里的水分和养分吸收。如果是久旱不雨,又没浇水,牵牛花也会枯死。要是在阳台上用盆栽牵牛花,就一定要浇水,而且浇水要遵循不干不浇,浇则浇透的原则。

五、温度要求。

牵牛花温度控制在20℃左右,不要低于15℃,温度过低会推迟开花,甚至不开花。

【行家叮嘱】

盆栽大花牵牛还可使它不爬蔓,养成矮化丛生、丰美的株型。其矮化栽培的方法是:当牵牛花小苗子叶或第1~2片真叶展开后,及时摘掉顶芽,强令其植株矮化而直立,这样子叶和真叶的叶、腋便可孕蕾开花。

牵牛花有子叶阶段就能接受光周期诱导的特性,故而孕蕾开花可显得花冠硕大,花色艳美。

当小苗长出5~6片叶时,栽到二缸筒盆(内径23厘米)中。随即掐尖以促发2~3个侧芽,将其余抹掉。在侧芽展叶伸蔓时,再留2~3片叶去尖。这样一次可开花10朵左右。等花谢后当即摘掉,促其侧枝再发新芽,预留几个,多余抹去,仍照前法掐尖。这样又可保持株丛始终丰满,花卉不断。

7 芍药:监测氟化氢

芍药,别名白芍、杭芍、毫芍、川芍等,是毛茛科多年生草本植物,有肉质的粗大主根,可入药,味微苦,有平抑肝阳,敛阴养血,收汗缓中之功效;茎丛生,茎和叶梗有紫红和绿色两种;花蕾单生于分枝顶端,立夏前后开花;花大美丽,形似牡丹,且略香;花色鲜艳,有纯白、微红、深红、紫红、淡红、金黄等色。

芍药与牡丹并称"花中二绝","牡丹为花王,芍药为花相"。可见自古芍药在群芳之中处于"一花之下,万花之上"的地位。芍药兼具色、香、韵三者之美,历代诗人为之倾倒,如有诗句"多谢花工怜寂寞,尚留芍药殿春风",又有"浩态狂香昔未逢,红灯烁烁绿盘龙,觉来独对情惊恐,身在仙宫第九重。"等,都显示了对芍药美态的赞美,看着它们就仿佛置身于天堂之中。

芍药可以检测有害气体,如氟化氢。人们也常常将其请入家中,用来装饰家居；同时，芍药还可用作花坛、花境，或作自然花丛栽培，也可布置芍药类花园。

【摆放位置】

芍药喜温和、较干燥的气候，对光照要求不严；夏季喜凉爽环境，宜放置于半阴半阳处。在盛夏，忌烈日暴晒；盆栽芍药在烈日下易焦叶。因此，应注意遮阴。

【行家经验】

芍药原产于我国，在大别山、秦岭及京西百花山等地均有野生种，栽培历史悠久。其性耐寒，喜肥怕涝，喜土壤湿润，但也耐旱，主要栽培技术有：

一、土壤选择。

芍药为肉质根，根系较长，喜肥沃，土层深厚。因此，应栽植在肥沃疏松、排水良好的沙质壤土中，忌湿涝和黏土、盐碱土；若栽于黏土和低洼积水的地方易烂根。

二、繁殖方法。

芍药的繁殖有分根繁殖和播种繁殖等方法，多采用分根繁殖法。秋季结合收刨芍药，先选取根粗长均匀、顶芽粗壮，且无病虫害的芍药植株，将直径0.5厘米以上的大根切下入药，再留下具有芽头，也称芍头的根丛作种用。将作种用的芽头按照大小和自然生长形状分块，也称芍芽，每块以带粗壮芽2～3个、厚度在2厘米左右为宜。而每亩芍药根的芍芽可定植3～5亩大田。芍芽应随切随栽，要是一时栽不完，可将芍芽贮藏到20厘米深的湿沙坑内。

播种繁殖，种子宜当年收当年种，种子放的时间越长，发芽率则越低。用种子繁殖，从下种到植株开花大约需4～5年，而且速度较慢，也易发生变异，多为单瓣花。

三、合理施肥。

芍药好肥,施肥时期一般为:展叶现蕾后,绿叶全面展开,花蕾发育旺盛,此时的需肥量较大,开花后开始孕芽,消耗的养料很多,是整个生育过程中需要肥料最迫切的时期。若肥料不足,就会影响新芽饱满。施用肥料时应注意氮、磷、钾三要素的配合,特别对含有丰富磷质的有机肥料,尤为需要。

四、浇水方法。

芍药喜干怕涝,一般不需要经常浇水,但过于干燥也会生长不良,建议每次施肥后,要浇足水,并应立即松土,以减少水分蒸发。

五、温度要求。

芍药最适生长温度为 20～25℃,若高于 30℃ 则对生长不利。可采用以下控温方法:前期 15～20℃,大约 10 天;中期 15～25℃,大约 15 天;后期 20～25℃,大约 20～25 天。高温最好不要超过 28℃,低温不可低于 12℃;同时避免剧烈的温度变化。

【行家叮嘱】

芍药具有较强的观赏性,为了延长其花期,保持良好的观赏效果,在栽培过程中可以采用以下方法:

一、摘侧蕾。

芍药除茎顶着生主蕾外,茎上部叶腋有 3～4 个侧蕾,为使养分集中,顶蕾花大,在花蕾显现后不久,需摘除侧蕾。为了防止顶蕾受损,可先留 1 个侧蕾,等顶蕾膨大,正常发育不成问题时,再将预留的侧蕾摘去。因此,花农有"芍药打头(去侧蕾),牡丹修脚(去脚芽)"的诊语。

只要巧妙地应用主、侧蕾花期的差异,就可适当延长芍药的观赏期,可在同一品种（侧蕾可正常开花的品种）中选一部分植株,去除主蕾,留 1 个侧蕾开花,则花期便可延后数日。

二、立支柱。

芍药花梗较软,除少数株型矮壮,多数品种开花时花头侧垂,甚至整个植株侧伏,为了有一个更佳的观赏效果,在花蕾透色后,可设立支柱,令花梗直伸,花头挺立,花姿优美。支柱形式常用的有两种,可根据情况配合使用。

1.单柱式:多用于花朵特大而茎较软的品种,绑扎时,用细竹插入花茎背部土内,接着用塑料绳或麻绳呈"8"字形,再将花茎上部距花头 6～8 厘米处绑扎于支柱上;注意不可紧绑于花茎顶部,以避免花头僵硬,有失美观。

2.竹圈式:用于一般品种,可将松散的株丛用竹圈围拢起来。这时围拢起来的花茎间互相依扶而挺立,可依据株丛的大小,来调节竹圈的大小,一般用两层竹圈,下层小、上层大,每个竹圈用 3～4 根插在土中的小竹竿来绑扎固定。

8 牡丹:监测光、烟、雾污染

牡丹,为多年生落叶小灌木,生长缓慢,株型小,株高多在 0.5～2 米之间;根肉质,粗而长,中心木质化,长度一般在 0.5～0.8 米,极少数根长度可达 2 米;叶互生,枝上部常为单叶,小叶片有披针、卵圆、椭圆等形状,顶生小叶常为 2～3 裂,叶上面为深绿色或黄绿色,下为灰绿色,光滑或有毛;花单生于当年枝顶,两性,花大色艳,形美多姿,而且品种繁多。

牡丹花雍容华贵、富丽堂皇,素有"国色天香"、"花中之王"的美称,是中国固有的特产花卉,有数千年的自然生长和两千多年的人工栽培历史。除了花大、形美、色艳、香浓,为历代人们所称颂外,它还可监测光、烟、雾等污染具有很强的观赏效益;同时它还具有药用价值,根、皮对咽炎引起的咽痒、咽干、刺激性咳嗽等症状,有良好的治疗效果。

【摆放位置】

牡丹最喜夏季凉爽,冬季不过度严寒,要有适度的降雨,或喷水、充足的光照,保持排水通风良好,在无雨时可每天进行枝叶及周围喷水、增加空气湿度;不过,牡丹忌久雨过湿和炎热酷暑,当遇到长时间的高温多湿天气,就会焦叶、烂根;而夏季中午若有强光,需略微遮阴。

为了在装饰造型上使盆栽牡丹更为优美、古朴高雅;可在花行将开放时,将彩陶、瓷盆套在原瓦盆外边;然后放在宽敞明亮的大厅或正堂中的精制盆架或案几上,更能体现出牡丹的姿容华贵。

【行家经验】

牡丹原产于中国西部秦岭和大巴山一带山区,汉中是中国最早人工栽培牡丹的地方,其喜凉恶热,宜燥惧湿,栽培技术主要有:

一、土壤选择。

牡丹适宜疏松肥沃,土层深厚的土壤;而且土壤排水能力一定要好。盆栽可用一般培养土,宜中性或中性微碱土。盆土宜用砂土和饼肥的混合土,或者选用充分腐熟的厩肥、园土、粗砂以1:1:1的比例混匀的培养土。

二、繁殖方法。

牡丹多以分株法、播种法进行繁殖。分株法简便易行,成活率高,苗木生长旺盛,分株后的植株开花较早,但仍需2~3年后才可充分表现出品种特性。分株法能保持品种优良特性,但繁殖系数较低。主要在秋季进行;先把4~5年生、品种纯正、生长健壮的母株挖出,去掉附土,按其枝、芽与根系的结构,顺其自然生长纹理,用手掰开。分株的多少,应以母株丛大小,根系多少而定,一般可分 2～4 株。为了避免病菌侵入,伤口可用 1%硫酸铜或 400 倍多菌灵药液浸泡,以消毒灭菌。

播种法主要用来大量繁殖嫁接用的砧木或培育新品种。播种时间一般在 9 月上旬左右。牡丹种子在 8 月下旬开始成熟,当果皮变成棕黄色时采收。由于品种不同,成熟期有早、晚,应分批采收,将果实采后放在阴凉通风处或置于室内摊晾。等种皮变成黑色,果实自然开裂时,就可将种子剥出,晾 2～3 天后,可进行播种。

三、合理施肥。

"清牡丹","浊芍药",意思就是说栽培牡丹基肥一定要足。基肥可用堆肥、饼肥或粪肥。通常以一年施 3 次肥为好,也就是开花前半个月浇 1 次以磷肥为主的肥水;而开花后半个月施 1 次复合肥;在入冬之前施 1 次堆肥,以保第二年开花。

四、浇水方法。

牡丹宜干不宜湿。因为牡丹是深根性肉质根,怕长期积水,因此平时浇水不宜过多,以适当偏干为宜。

五、温度要求。

牡丹耐寒,可不耐高温。华东及中部地区,露地越冬气温到 4℃时花芽开始逐渐膨大。牡丹生长适宜温度为 16~20℃,若低于 16℃则会不开花;在夏季高温时,植物呈半休眠状态。

【行家叮嘱】

牡丹具有广泛的生态适应性。因此,栽培比较容易,但为了改善牡丹的通风透光条件,令养分集中,使其株丛繁茂,花大色艳,也要进行合理的整形修剪。

一、选留枝干。

牡丹定植后，在第一年任其生长，可在根颈外萌发出许多新芽，也就是俗称的土芽；到了第二年春天时，等新芽长至 10 厘米左右时，可从中挑选几个生长健壮、充实、分布均匀者保留下来，以作为主要枝干，其余全部除掉。以后每年或隔年可断续选留 1～2 个新芽作为枝干培养，以使株丛逐年扩大和丰满。

二、酌情利用新芽。

为了使牡丹花大艳丽，常结合修剪进行疏芽、抹芽工作，使每枝上保留 1 个芽，余芽除掉，并将老枝干上发出的不定芽全部清除，以集中养分，保证开花硕大。

三. 养生治病的花花草草

❋ 1 百合：润肺止咳，清心安神 ❋

　　百合花素有"云裳仙子"之称；鳞茎由鳞片环抱而成，状似莲花，有"百年好合"、"百事合意"之意，在我国自古视为婚礼必不可少的吉祥花卉。而在法国，由于其外表高雅纯洁，以它象征民族独立、经济繁荣，并把它作为国花。

　　百合花的球根含丰富淀粉质，部分品种还可作为蔬菜食用；食用百合在我国具有悠久历史的，中医也认为百合性微寒平，具有清火、润肺、安神的功效，其花、鳞状茎均可入药，可谓是一种药食兼用的花卉。当然，需注意有些品种有剧毒，不要随便采食不明品种的百合！

【营养分析】

百合含有淀粉、蛋白质、脂肪及钙、磷、铁、维生素 B_1、B_2、C 等营养素,而且还含有一些特殊的营养成分,比如:秋水仙碱等多种生物碱。这些成分综合作用于人体,不但具有良好的营养滋补之功,而且还对秋季气候干燥而引起的多种季节性疾病有一定的防治作用。中医上也讲到鲜百合具有养心安神,润肺止咳的功效,尤其对病后体虚非常有益。

【行家经验】

百合属长日照植物,喜阳光充足的环境,光照长短不但影响花芽的分化,还影响花朵的生长发育,其具体栽培技术主要有:

一、土壤选择。

百合适宜在疏松、肥沃、富有有机质、排水良好的土壤中生长,以 pH 值 5.5～7.0 为佳。

二、繁殖方法。

百合的繁殖,有播种、分小鳞茎等方法。

播种法繁殖:播种属有性繁殖,主要在育种上应用。具体方法是:秋季采收种子,贮藏到翌年春天播种。播后约 20～30 天发芽。在幼苗期要适当遮阳;等入秋时,地下部分已形成小鳞茎,即可挖出分栽。播种实生苗因种类的不同,有的 3 年开花,还有的需培养多年才能开花。因此,这种方法家庭不宜采用。

分小鳞茎法:若需要繁殖 1 株或几株,可采用此法。通常在老鳞茎的茎盘外围长有一些小鳞茎。在 9～10 月收获百合时,可将这些小鳞茎分离下来,贮藏在室内的沙土中越冬。等第二年春季上盆栽种;培养到第三年 9～10 月,就可长成大鳞茎而培育成大植株。此法繁殖量较小,只适宜家庭盆栽繁殖。

三、合理施肥。

百合对氮、钾肥需求较大,生长期应每隔 10～15 天施一次,而对磷肥要限制供给,这是因为磷肥过多会引起叶子枯黄。在花期可增施 1～2 天磷肥。在开花后应及时剪去残花,以减少养分消耗,使鳞茎充实。

四、浇水方法。

百合为浅根植物,对水分要求相当高,既不能缺水,又不能水量过大。盆土要经常保持湿润,以手握一把土成团后不滴水为宜。栽种后一般每隔 3～4 天浇一次水,每次浇水量不宜太大,否则引起球茎腐烂。浇水一般在晴天的上午进行。

另外,还应注意保持棚内空气流通,空气湿度以 80% 为宜。

五、温度要求。

百合不喜高温,喜凉爽湿润的气候。百合生长适温白天为 20～28℃,夜温在 14℃ 以上。温度高于 30℃ 会严重影响百合的生长发育,发生消蕾,开花率也明显降低,若低于 10℃ 生长将近于停滞。

【行家叮嘱】

百合洁白娇艳,具有清火、润肺、安神的功效,其花、鳞状茎均可入药,是一种药食兼用的花卉,深受人们的喜爱。所以,百合也是家庭养花的首选。在栽培管理过程中应注意以下问题。

一、枝软问题。

百合枝软的本质原因是枝茎中纤维含量少,结构发育不协调造成的。解决方法:适当增加磷钾肥用量;增加光照的强度,尤其是花蕾出现时,更要加强光照的时间,使光合作用增强,促使茎秆粗壮。另外,在生长后期还应注意控制水分,但不能缺水。

二、叶烧现象。

叶烧一般发生在根系还未发育充分,而长势过快的时候,即在苗高 40~60 厘米的阶段,花芽刚分化,或刚要出花苞,顶部幼嫩叶片还未展开时发生。

叶烧是百合栽培中最常见的问题,引起叶烧的原因主要有以下原因:

1. 根系发育不良。

2. 植株顶尖积水,也容易造成叶烧发生,故切忌往植株顶部喷水。

3. 气温变化较快,相对湿度变化较大,使茎叶失水比根系吸水较多。

4. 喷施农药及叶面肥浓度太高,尤其在气温过高时,更容易伤害幼叶,导致叶烧。

5. 施肥不合理,氮肥过多,使生长过快,植株与根系发育速度不相配。

防治措施:避免湿度变化过大,晴天时一天内多喷几次水,前期适当增加光照,当花芽分化前,即苗高 30~40 厘米、叶烧敏感期,喷 0.1%~0.2% 的硝酸钙 2~3 次,每隔 5 天 1 次,可减轻叶烧现象。

三、花苞干缩和脱落。

当花苞长到 1~2 厘米时,有时会发生干缩和脱落的现象,现蕾后光照不足及土壤干燥和根系发育较差时容易发生。另外,温度过高也会使花蕾脱落。

防治措施:在生长过程中不要使植株缺水,从而保证根系发育良好,现蕾前追施硼和钼等微量元素,现蕾后增加光照,防止空气湿度过大,这些措施都能防治花苞干缩和脱落。

四、盲花现象。

当花蕾出现时,有时会出现一些孤苞的情况,称为盲花现象,一般有两种表现:一种是花枝展开时顶端没有花苞;一种是花枝展开时下部的几朵花苞正常,仅上部的 1~2 个花枝没有花苞或苞蕾太小,而不能正常张大。

导致盲花的主要原因是种球内成花营养物质积累不足或消耗过多造成的,一般老球易发生全盲花现象,而规格偏小的新球常在花枝上部 1~2 朵花出现盲花。

防治措施：尽量不使用老球种植；当百合出苗后到出花苞前叶面追 2~3 次硼酸和钼酸铵，浓度在 0.05%~0.10% 以及 0.20% 的硝酸钙。偏小的种球出苗后，应注意勤施追肥以提高生长势。

✤ 2 茉莉：清热解暑，舒解郁闷 ✤

茉莉，常绿小灌木或藤本状灌木，是一种常见花卉，枝条细长，略呈藤本状；单叶对生，光亮，宽卵形或椭圆形，叶脉明显。

茉莉的花形与色彩并不艳美，但其叶色翠绿，又能发出淡淡幽香，沁人肺腑；而且花期甚长，素雅清芬，由初夏至晚秋开花不绝，堪称盆花精品，适合在家种养。

【养生分析】

每 100 克茉莉花含挥发油性物质 2~3 克，其主要成分为苯甲醇或其脂类、茉莉花素、芳樟醇、安息香酸芳樟醇酯等，还含有吲哚、素馨内酯等物质。这些挥发油性物质，具有行气止痛、解郁散结的作用，可缓解腹部胀痛、下痢里急后重等病状，是止痛之食疗佳品。

【行家经验】

茉莉花是木樨科多年生花卉，适应性强，易管理，且花期长，尤其适合于家庭种植；其具体栽培技术主要有：

一、土壤选择。

栽培茉莉土壤要肥沃的沙质和半沙质土壤为佳，在 pH 值 6~6.5 的微酸性土壤种植,则根系茂密,生长健旺,若土质黏重,缺少有基质,肥力较低,又通气性不良,则根系少,植株矮,茎叶纤细,且花少而小。

二、繁殖方法。

主要采用压条繁殖、分株繁殖法。

压条繁殖:是利用茉莉植株下部萌生的枝条或具有一定长度的枝梢,把其中一段压入土中,令其生出新根,剪离母枝后即成为独立的新植株。

分株繁殖:茉莉是丛生灌木,而且根茎部位能产生许多不定根,二年生以上植株常有数条茎枝,可将这些带根的茎用来分株繁殖。

三、合理施肥。

茉莉生长的旺期是盛夏高温季节,多施有机肥和磷钾肥,比如:骨粉、花生饼粉、过磷酸钙以及多元素花肥,可每个月施2次。

茉莉在夏季生长期常出现枝叶繁茂但不开花的现象,其主要原因是施了过多的氮肥,造成枝叶徒长,在遇到这种情况下要控制肥水,增施磷钾肥,促使孕育花蕾,同时还要注意把茉莉移到阳光充足、通风良好之处。

四、浇水方法。

茉莉不耐旱,但又忌积水,在多雨季节要及时倾倒盆内积水,否则叶片易发黄。夏季炎热晴天需每天浇水2次,早晚各1次,若发现叶片卷垂,应喷水于叶片,可促进生长。

五、温度要求。

茉莉喜欢温暖湿润的气候条件,不耐寒,经不起低温冷冻,在3℃或轻微霜冻时的低温会受害;月平均气温9.9℃时,叶大部分会脱落,但枝条是绿色的,并开始进入休眠;冬季可放在温度10℃以上的室内越冬;-3℃时枝条被冻害。

其最适生长温度为25～35℃,当气温在20℃以上时就开始孕蕾,继而陆续开花;当气温高于 30℃时花蕾的发育和形成大大加快,且花香更加浓烈。

【行家叮嘱】

茉莉在北方为盆栽花卉,在南方均为地栽。还有的庭院将茉莉栽为绿篱,更是满院芬芳。那么如何使盆栽茉莉多开花呢? 其技巧有哪些呢?

茉莉需 2~3 年换一次盆,换盆的时间以 4 月中旬为宜。到 5 月初就可移出室外,放在避风向阳处,在这时可进行追肥,追肥可用液肥,以腐熟的人粪尿或麻酱渣液加水使用。肥水之比为 5 份水加 1 份液肥,随浇水施入,需注意在施液肥前将土整松。

在 6 月下旬就可采第一次花。以后施用肥水可每周 1 次,而且浓度也要逐渐增加,可 10 份水加 3 份肥液。

7 月中下旬可采第二次花。茉莉是在盆花中最喜肥的花卉,7 月下旬放完第二次花后,每盆可施麻酱渣干粉,令干肥慢慢发挥肥效。

以后进入雨季,可暂停肥水,以避免烂根,到了 8 月中旬以后还可以放第三次花,在放花期不要浇大量水,以延长花期。

3 木槿:清热凉血,解毒消肿

"有女同车,颜如舜华"。就是说美得好像木槿花。木槿,别名篱障花、灯盏花,为锦葵科、木槿属植物。在北方为落叶直立灌木,在南方能长成小乔木,可高达 2~6 米。单叶互生,菱状卵形。夏秋季开花,单瓣或重瓣,有紫红、粉红、白等色,朝开暮落。虽朝开暮落,但逐日开放,络绎不绝,而且花期长,花色丰富,是公园、庭院的重要观花灌木之一。

木槿的适应性强,耐烟尘,能吸收二氧化硫、氯气、氯化氢等有害气体。而

木槿的茎皮、根皮和种子可入药。

【养生分析】

木槿的花、果实、茎皮皆可入药。木槿茎与根的浸出液可抑制金黄色葡萄球菌、痢疾杆菌、皮肤真菌滋生；花清热凉血，解毒消肿，内服可治痢疾、痔疮、尿路感染、妇女白带异常；而外用可治疮疖肿毒、烫伤；茎皮清热利湿，可杀虫止痒，水煎液外洗可治湿疹、体癣、脚癣。果实名"朝天子"，具有解毒止痛、清肺化痰之功。

【行家经验】

木槿适应性强，栽培简单，且管理粗放，一般可任其自由生长。但为了提高其观赏效果，使其花繁色艳，应给予必要的管理；其具体栽培技术主要有：

一、土壤选择。

对土壤要求不严，较耐瘠薄，能在黏重或碱性土壤中生长，唯忌干旱。

二、繁殖方法。

木槿可用种子繁殖，也可用扦插繁殖，栽培上一般采用春季扦插繁殖，这样当年夏秋季节就可以开花。其扦插方法是：在气温稳定通过15℃以后，选择1～2年生健壮未萌芽枝条（如扦插时木槿枝条已萌芽长叶，应将新叶摘除），截成长15～20厘米的小段，将木槿枝条插入，入土深度以10～15厘米为佳，即入土深度为插条的2/3，把土壤压实，插后立即灌足水，但需强调的是，此时不必施任何基肥。

三、合理施肥。

当枝条开始萌动时，应及时追肥，以速效肥为主，可促进营养生长；现蕾前追施1～2次磷、钾肥，可促进植株孕蕾；5～10月盛花期间结合除草、培土进行追肥 2 次,以磷钾肥为主,再辅以氮肥,以保持花量及树势;在冬季休眠期间进行除草清园,在植株周围开沟或挖穴施肥,以农家肥为主,辅以适量无机复合肥,以保证来年生长及开花所需养分。

四、浇水方法。

生长期需适时适量浇水,经常保持土壤湿润。

五、鲜花采收

木槿花采收期长,一年中从开花开始到开花结束的几个月间天天都有鲜花开放,作为菜用的花朵采摘宜在每天清晨进行,采收刚开的花,在采收时应轻采轻放,并且要采用适当的包装,以确保花朵新鲜。

【行家叮嘱】

木槿是净化空气的能手,对二氧化硫、氯气等有害气体具有很强的抗性,同时又有滞尘的功能,在家里栽一盆木槿,就美化居室环境是非常好的,木槿在栽培管理上应遵循的是:冬育枝芽夏育蕾,分为三步。

一、冬季剪枝育芽。

11 月至 2 月为休眠期,此时是剪枝育芽的最佳时期,应从三个方面入手:

1.剪枝。木槿单朵花开 1~2 天,总体花期长达百日,枝多则蕾多,剪枝应在秋季落叶时进行,这样冬育枝芽才有足够时间,每枝留 3~4 个芽节即可。

2.控温。木槿怕严寒,盆花宜放有光照的地方,住楼房的家庭,可以把它放在封闭的阳台上,注意温度不宜低于 −5℃。

3.加肥。冬育需要足够的养分,应在花残时施一次多元素复合花肥和一次以氮为主的淡薄有机液肥。

二、春季控长促壮。

进入春节后,木槿进入生长高峰,此时要防止其贪长冒条,应从三个方面做起：

1. 对少数徒长枝作折绑处理，握住枝条，轻轻一折，让枝条裂而不断，然后用鲜榆树皮扎紧，可在晴天下午进行，这样不会使其叶子脱落。

2. 节制浇水，"干粗壮，湿徒长"，盆土宜偏干，手指插盆表土 1 厘米处，无润感时再浇水，或眼看叶片发蔫时再浇水。

3. 适当减少施肥，节制氮肥，谷雨至芒种施肥 3 次左右，以复合肥为主，不施或少施氮肥，以促进根茎的生长。

三、夏季育蕾防害。

夏季育蕾护叶要做好以下工作：

1. 浇水。夏天天气炎热，木槿需水量较大，掌握夏宜湿、秋宜润的原则，做到晨浇晚补，肥后回水，午间叶蔫喷水，秋后减水，严防水黄旱黄伤叶。

2. 施肥。一要薄肥勤浇，磷钾为主，夏天施二八(指肥水比例，下同)肥，秋天施一九肥。夏天 1 周 1 次，秋天 10 天 1 次，二要有机无机交错使用，在花芽分化时追有机肥和 1‰ 的磷酸二氢钾，半个月连喷 3 次，然后半个月加喷 1 次。三要花期不断肥，严防过量肥，免遭落蕾落叶之苦。

4 金橘：理气解郁，化痰醒酒

金橘，又名金柑，为芸香科金橘属常绿灌木；其原产于我国南方的两广、闽浙一带。

金橘枝繁叶茂，冠姿秀雅，四季常青；夏初花开雪白如玉，浓香溢远；秋天金果灿灿，汁多香甜，还含有特殊的挥发油、金橘甙等特殊物质，具有令人愉悦的香气，是集观花与赏果于一身的盆栽花卉。

尤其是在百花凋零的严冬岁尾，绿叶丛中满树垂金的盆栽金橘，迎来了欢喜的春节,此时观赏,还象征着大好年华、前程似锦;绿叶垂金,寄寓财运亨通。

【养生分析】

金橘不仅美观,而且果实含有丰富的维生素 C、金橘甙等成分,对维护心血管功能,防止血管硬化、高血压等疾病有一定的作用。作为食疗保健品,金橘蜜饯可以开胃,饮金橘汁能生津止渴,加入萝卜汁、梨汁饮服能治咳嗽。金橘药性甘温,能理气解郁,化痰。

【行家经验】

金橘性喜温暖湿润、日照充足的环境条件,稍耐寒,但不耐旱,南北各地均作盆栽;其具体栽培技术主要有:

一、土壤选择。

盆土选用通透性好,较肥沃,呈微酸性或中性的沙质壤土,可选用腐叶土五份、田园土三份、细河沙两份配制栽培土,在使用前最好先喷药消毒。

二、繁殖方法。

金橘常用嫁接法繁殖。砧木用枸橘、酸橙或播种的实生苗;嫁接方法有枝接、芽接以及靠接。枝接,是在春季 3~4 月中用切接法;芽接在 6~9 月;盆栽常用靠接法,在 6 月进行。砧木需提前一年盆栽,还可地栽砧木。嫁接成活后的第二年萌芽前可湿性粉剂移植,需多带宿土。

三、合理施肥。

金橘喜肥,盆栽时宜选用腐叶土 4 份、沙土 5 份、饼肥 1 份混合配制的培养土。在换盆时,在盆底施入蹄片或腐熟的饼肥作基肥。从新芽萌发开始到开花前为止,可每 7~10 天施一次腐熟的稀浅酱渣水,相间浇几次矾肥水。进入夏季之后，宜多施一些磷肥，以利孕蕾和结果。结果初期需暂停施肥，等幼果长到约1厘米大小时，可继续每周施1次液肥直至9月底。

四、浇水方法。

金橘喜湿润但忌积水，盆土过湿容易烂根。所以，生育期间保持盆土适度湿润为好。春季干燥多风。需每天向叶面上喷水1次，以增加空气湿度。夏季每天喷水2~3次，并向地面喷水。不过，开花期应避免喷水，以防烂花，影响结果。遇雨季应及时倾倒盆内积水，以免烂根。

夏天放室外时，最好用砖将花盆垫起，可利排水。金橘白花期到幼果期对水分的要求较敏感。此时，盆土过干，花梗和果柄易产生离层而脱落；而浇水过量，盆土透水性能又差，也易引起落花落果。因此，这时应以使盆土保持不干不湿的状态为宜。

五、温度要求。

金橘喜温暖，秋末气温低于10℃时应及时搬入室内，冬季室温最好能保持在6~12℃，温度过低容易遭受冻害，过高会影响植株休眠，不利于来年开花结果；春季清明后可适当开窗通风，令其逐步适应室外的气温，谷雨节后方可出室；夏季应放置在遮阴通风处，还应经常喷水增湿降温。

【行家叮嘱】

盆栽金橘若管理不当，往往只开花、不结果或少结果，甚至不开花。要想让盆栽金橘年年开花、结果，还必须注意以下几点，进行科学的管理，才能达到多开花，果实累累的目的。

一、选用优质苗。

盆栽金橘应选用扦插或以枸橘做砧木的嫁接苗为好。在上盆后，若管理得当，大约3~4年就可开花、结果。

二、合理修剪。

金橘每年春、秋两季抽生枝条,春梢萌发前需进行1次重剪,令每株仅保留3~5根健壮枝条,每根枝条上除保留下部2~3个饱满芽外,其上部要全部剪掉,并将隔年生的病弱枝从基部剪除。

轻剪的1年生枝条,若生长势好可以多留几枝,可以在4~5月抽生出10余条健壮、充实的新梢。等新梢长到15~20厘米时要及时摘心,以诱发夏梢。当夏梢长到6厘米左右时再摘心,从而限制枝条徒长,有利于积累养料,促使嫩枝成熟饱满。

5~6月当年生的春梢萌发结果枝,在小暑以后夏梢花芽分化完成,并于6~7月份在结果枝的叶腋处开花结果。这时,要根据植株的长势适当进行疏花、疏果。花若过多,应适当疏花,每个枝条上一般保留3~4个果实。在8月份秋梢长出时要及时剪去,这样可使养分集中,不仅能提高坐果率,还能使果实大小均匀,成熟度整齐。

三、换盆。

当金橘生长到一定的大小时,就要考虑给它换个大一点的盆,以让它继续旺盛生长。把要换盆的花放在地上,先用巴掌轻拍盆的四周,令其根系受到震动而与盆壁分离,再把花盆倒过来放在左手上,左手的食指与中指轻轻夹住植株,手腕与指尖将盆沿顶住,右手拍打盆底,再用拇指从底孔把根土向下顶,让植物脱出来。脱出来之后,用双掌轻轻拍打盆土,使多余的土壤脱落。

5 芦荟:抗炎杀菌,促进伤口愈合

芦荟是为百合科多年生常绿多肉质草本植物。叶簇生,呈座状或生于茎顶,叶常披针形或叶短宽,而边缘有尖齿状刺;其花序为伞形、总状、穗状、圆

锥形等,色呈红、黄或具赤色斑点,花瓣六片、雌蕊六枚。

芦荟是集美容、观赏、食用、环保等于一体的神奇绿色植物,被称为"天然美容师"、"多用药"、"家庭保健箱"。

芦荟虽生性畏寒,但它也是好种易活的植物。家庭盆栽芦荟,除观赏外,还具有很高的利用价值,随时能够提供新鲜的叶片,供家庭人员食用、美容,特别适合农村、城市人们的庭院、阳台、房前屋后盆栽。

【养生分析】

芦荟的缓基态酶与血管紧张来联合可抵抗炎症。特别是芦荟的多糖类可增强人体对疾病的抵抗力,治愈皮肤炎、慢性肾炎、膀胱炎、支气管炎等慢性病症。

另外,芦荟多糖和维生素对人体的皮肤有良好的营养、滋润、增白作用。特别是青春少女最烦恼的粉刺,芦荟对消除粉刺有很好的效果。且具有去头屑的作用。而且,芦荟大黄素等属蒽醌甙物质,这类物质还能使头发柔软而有光泽、轻松舒爽。

需注意的是,芦荟鲜叶汁内含有一定量的草酸钙和多种植物蛋白质。有一些患者,皮肤比较敏感,在外用新鲜芦荟叶搽抹后,皮肤就有痒的感觉或发出红色小疹斑点,一般不会太严重,半天时间就能褪去。因此,如果是首次使用,应先在皮肤上小面积试用,确定没有过敏现象后再大面积使用。

【行家经验】

芦荟生命力强,易栽培,具有喜阳光、惧烈日、喜温润、忌积水、耐高温、怕严寒的特性。其具体栽培技术主要有:

一、土壤选择。

芦荟喜欢生长在排水性能良好,不易板结的疏松土质中。一般的土壤中可掺些沙砾灰渣,若能加入腐叶草灰等更好。注意需排水透气性好的土质,否则会造成根部呼吸受阻,烂根坏死,但过多沙质的土壤又往往造成水分和养分的流失,使芦荟生长不良。

二、繁殖方法。

芦荟繁殖常用分株和扦插繁殖。分株法一般在3~4月换盆时,将母株周围密生的幼株取下盆栽。若幼株带根少,可先插于沙床,待生根后再上盆。扦插则在5~6月开花后进行,剪取顶端短茎10~15厘米,等剪短晾干后再插于沙床,一般插后2周左右就能生根。

三、合理施肥。

肥料对于任何植物来说都是不可缺少的。芦荟不仅需要氮、磷钾,还需要一些微量元素。为了保证芦荟是绿色天然植物,要尽量使用发酵的有机肥,饼肥、鸡粪、堆肥都可以,蚯蚓粪肥更适合种植芦荟。

四、浇水方法。

和所有植物一样,芦荟也需要水分,但也最怕积水。在阴雨潮湿的季节或排水不好的情况下叶片容易萎缩,枝根容易腐烂,甚至死亡。

夏季有较短的休眠期,需控制浇水,保持干燥为好。尤其是刚盆栽的幼株不耐高温和雨淋,应略加遮阴,等秋后搬入室内养护,最好放阳光充足和通风场所,同样要严格控制浇水。

五、温度要求。

芦荟怕寒冷,它长期生长在终年无霜的环境中。在5℃左右停止生长;0℃时,生命过程会发生障碍;要是低于0℃,就会冻伤。其最适宜的生长温度为15~5℃,湿度为45%~5%。

【行家叮嘱】

如何才能使盆栽芦荟苗壮生长,且具有较高的观赏和利用价值呢?看看具体都需要做些什么:

一、选择合适的花盆。

将芦荟从地里或育苗容器内移出,装入花盆的过程称为上盆。上盆前,需根据芦荟苗的大小选用合适的花盆。若芦荟苗大,而盆小,则会限制芦荟的生长;若芦荟苗小而盆大,则头轻脚重,缺乏美感。另外,由于苗小盆大,每次浇水后不见干,很容易造成烂根。

二、选种苗。

装盆前,还有一项非常重要的工作,就是对所有的芦荟种苗进行精选,需选择健康的芦荟种苗,其形态特征应该是叶片短而厚实,茎部粗壮,颜色深绿,并带有 4 个以上的自生根。

三、换盆。

将土壤粗细分开,把芦荟取出,小心将土剥落,注意不可伤及根部。将不必要的根剪除,其他根部可以剪短 1/3 长度。先在盆底放金属网盖住洞口放入粗土,将芦荟立于其上。一边扶正芦荟,一边倒入细土,同时植株旁泥土按压固定,在土壤与根部之间不要留有空隙。在花盆土压紧后,使高度与花盆边缘相差约 2 厘米左右即可;最后再慢慢向盆内浇透水,放在半阴处养护,缓苗后移至阳光处养护。

❁ 6 米兰:行气解郁,祛风解表 ❁

米兰为常绿灌木或小乔木。多分枝。幼枝顶部具星状锈色鳞片,后脱落。奇数羽状复叶,互生,叶轴有窄翅,小叶 3~5 枚,对生,倒卵形至长椭圆形,通常有大叶与细叶两种,大叶种香气很淡,细叶种香气较浓,而开出来的花就有浓香。圆锥花序腋生。花黄色,花萼 5 裂,裂片圆形。花冠 5 瓣,长圆形或近圆形,比萼长。

米兰适应温暖多湿的气候条件,忌寒冷,怕干旱,土质要深厚肥沃,幼苗喜阴,成年植株需要充足的阳光。花期为 7~8 月。其枝叶茂密,叶色葱绿光亮。

【养生分析】

米兰是人们喜爱的花卉,花放时节香气袭人。米兰具有行气解郁,疏风解表的功效。米兰盆栽可陈列于客厅、书房和门廊,清新幽雅,沁人心脾。在南方庭院中米兰又是非常好的风景树。

【行家经验】

米兰香气浓郁,是家庭中最宜种植的花卉。它喜温暖,喜阳光,花盆应放在阳光充足的地方。其具体栽培技术主要有:

一、土壤选择。

米兰为南方花卉,喜欢偏酸性的土壤。若盆土偏碱,米兰则会生长不良,甚至死亡。一般盆土可选用疏松、肥沃、排水良好的腐质土,再拌入少许沙子和山泥即可;也可选用既松又肥的黄土再掺拌 30%的砻糠灰或兰花泥。

二、繁殖方法。

米兰的繁殖多采用扦插法和压条法。

扦插法:在 7~8 月,切取当年生嫩枝作插条,长约 10 厘米,先除去下部叶片,顶端保留 2~3 枚叶,然后插入河沙、红壤、砾石等基质中,插入深度约为插条的 1/2,插后压实基部,浇透水,在其上面搭架、盖草、遮阴,大约 50~

60天就会生根,成活率可达 80% 以上,扦插苗要在苗圃培养 2~3 年后才进行定植。

压条法:多采用高空压条法,每年春季或秋季,从前一年生枝条中选健壮木质化硬枝,先在离分枝点 6~8 厘米的部位进行环剥皮大约 2~5 厘米宽,涂上生根粉,用青苔或山泥覆盖数层,再用塑料薄膜上下扎紧,浇透水。还可以用割伤法,在刀口处夹小石子或小树枝,涂上维生素 B$_{12}$,等略干后用山泥或苔藓包好。在干燥时应经常浇水,大约经过 4 个月即可从母枝切取盆栽。

三、合理施肥。

为了让米兰花多香浓,可多施磷、钾肥。米兰在 1 年内有多次开花的习性,消耗的养分也很多,需满足能量的供应,要适时、适量地多施一些肥料,最好是在傍晚 6 时以后喷施。如果在即将开花前增施磷、钾肥,并且经常有阳光散射,淋水适中,那么它开花时香气就会浓馥一些;要是在开花前多施氮肥,或过于荫蔽,或水分过多,其花香就会很淡,甚至停止喷香。

四、浇水方法。

米兰全年都需要保持盆土湿润,切勿干旱出现龟裂,不过也不能长时间过湿,否则会发生沤根、烂根、黄叶等现象。一般夏、秋季每天浇 1 次清水,在冬、春季每 2~3 天浇 1 次清水,以水分能够迅速渗透入盆土中,不积在盆土上为度。并且,需经常向枝叶上喷洒清水,特别是夏季高温和冬季干旱时期,均匀喷湿所有的枝叶,以开始有水珠往下滴为宜,以令枝叶保持湿润。

五、温度要求。

米兰入室后要放置向阳、通风好,但又无穿堂风袭击的地方,室温最好保持在 8~10℃ 之间;若温度过高顶枝易萌发新芽而消耗养分,在春季出室时易枯梢,会直接影响生长开花;如果长时间低于 5℃ 易受冻,应立即用塑料薄膜连盆罩上,等温度升高时应及时通风,翌春出室应在清明后,这时气温基本稳定。

【行家叮嘱】

米兰一般盆栽,其苗木必须带有完好的根系和土团才能栽培。在春、夏、秋季均可换盆或盆土。另外,为了令其形态优美,在栽培过程中,应对其进行合理的整形修剪。

米兰从小苗开始就应注意整形:保留15～20厘米的主干。多年生老株的下部枝条常常衰老枯死,因而每年或隔年短剪1次,以促使其萌发更多侧枝。

米兰在春季移出室外时,需进行1次修剪:剪去枯枝、病虫枝和细弱的过密枝,以加强通风透光,同时让养分集中在留下的枝条中,进而促进植株的和平共处与开花。

在生长期内一般不需要修剪:仅仅在树势不平衡时,可将突出树冠的枝条进行短截。在植株生长过于高大,与放置空间不协调时,可将过高的枝条进行短截,令植株横向生长而扩大树冠。

7 扶桑:凉血解毒,利尿消肿

扶桑又名朱槿牡丹,其品种较多,异彩纷呈,根据花瓣可分为单瓣、复瓣,而根据花色可分为红色、粉红色、黄色、青色、白色等,其中深红重瓣者略似牡丹,不为多见,因此有朱槿牡丹之名。

扶桑既是马来西亚和巴拿马的国花,又是夏威夷的州花。不过,扶桑的原产地却在我国南部,是我国名花,而且栽培历史悠久。扶桑花期长,几乎终年不绝,花大色艳,开花量多。再加之管理简便,除了亚热带地区园林绿化上盛行采用外,在长江流域及其以北地区,是重要的温室和室内花卉;若盆栽于室内,往往给家庭带来一种喜气洋洋的气氛。同时,它还可供药用。

【养生分析】

扶桑有很高的经济价值,花、叶、根都可入药。叶性甘干,有清热解毒的功效。花性甘凉,有清肺、化痰、凉血、解毒功效,而外敷还可治痈肿毒疮。新近发现它还具有降低血压作用。

【行家经验】

扶桑喜温暖湿润气候,不耐寒霜,不耐阴,适宜在阳光充足、通风的场所生长;其具体栽培技术主要有:

一、土壤选择。

对土壤要求不严,适应范围较广,但在肥沃、疏松、富含有机质的微酸性土壤 (pH 值 6. 5~7) 中生长最好。

二、繁殖方法。

扶桑常用扦插和嫁接繁殖。

扦插繁殖:扦插,除冬季以外均可进行,不过以梅雨季成活率最高。插条以当年生半质化枝条最好,长 10 厘米,剪去下部叶片,留顶端叶片,切口要平,再插于沙床,注意保持较高空气湿度,室温为 18~21℃,插后 20~25 天便可生根。用 0. 3%~0. 4%吲哚丁酸处理插条基部 1~2 秒钟,可缩短生根期。等根长 3~4 厘米时移栽上盆。

嫁接繁殖:在春、秋季进行。多用于扦插困难或生根较慢的扶桑品种,特别是扦插成活率低的重瓣品种。用枝接或芽接,砧木用单瓣扶桑。嫁接苗当年就可抽枝开花。

三、合理施肥。

扶桑喜肥,开花期间 7~11 天施一次腐熟的稀薄液肥,每次施肥后要及时浇水松土,10 月开始停肥。

四、浇水方法。

扶桑生长期浇水要充足,不能缺水,但也不能受涝,通常每天浇水 1 次,伏天可早、晚各 1 次。春、秋季一般每天浇水 1 次,夏季上、下午各浇 1 次,在雨季要及时排除积水;春夏干燥多风季节和盛夏炎热天气,需经常在叶面与地面喷水,以提高空气湿度,防止嫩叶枯焦和花朵早落;秋凉后渐减少次数;冬季节制浇水量,大约 7 天浇 1 次,水量不宜多,以保持盆土略湿为宜。

五、温度要求。

保持 12~15℃气温就可越冬。若室温低于 5℃,叶片会转黄脱落;若低于 0℃,即会遭冻害。

【行家叮嘱】

扶桑抗性强,管理比较粗放,不需要什么特殊管理,但在养护中仍然需要注意换盆、整形修剪。

一、换盆及修剪。

盆栽用土宜选用疏松、肥沃的沙质土壤,在每年早春 4 月移出室外前,应进行换盆。换盆时要做 3 件事:换上新的培养土;剪去部分过密的卷曲的须根;施足基肥,盆底需略加磷肥。

为了保持树型优美,着花量多,依据扶桑发枝萌蘖能力强的特性,可在早春出房前后进行修剪整形,各枝除基部留 2~3 芽外,将上部全部剪截,剪修可促使发新枝,长势也将更旺盛,株型更美观。修剪后,因地上部分消耗减少,因此要适当节制水肥。

二、塑形。

可修剪成独杆小乔木树形。当幼苗长到15厘米时需摘心，以促使下部抽发腋芽。在基部萌芽成枝过程中，选留3~4根新梢作为骨干枝，等新梢长出4~5片叶时，需要进行第二次摘心，当年形成5~7根侧枝的树形，以后可在每年春季换盆时对植株再进行修剪。

弱植株造型偏好，只需做轻修剪。修去徒长枝梢和病枯枝即可，花后为了控制树势，可做适当修剪。对老的扶桑植株，可每隔1~2年进行1次重剪。重剪后，要是水肥充足，养护得当，可恢复植株生长旺盛，而且花多、朵大、色艳。

8 玫瑰：行气解郁，活血止痛

玫瑰，原产中国，属于蔷薇科，落叶灌木，久经栽培，可供观赏。奇数羽状复叶，小叶5~9片，椭圆形，有边刺，表面多皱纹，托叶大部和叶柄合生。

玫瑰4~5月开花，花单生或簇生于枝顶，有红色、紫色、白色、绿色等，又有单瓣与重瓣之分，且有芳香。果期为8~9月，扁球形。

另外，玫瑰象征爱情和真挚纯洁的爱，人们把它作为爱情的信物。颜色不同，寓意也有所区别。

【养生分析】

药用玫瑰主要以花蕾入药，其叶、根也可药用。玫瑰花具有理气、活血、调经的功能，对肝胃气痛、赤白带下、月经不调、疮疖初起和跌打损伤等症都有独特疗效，还可用于食疗，比如：用玫瑰花泡茶可治疗食道痉挛引起的上腹胀痛。

除药用外，玫瑰花还可提取高级香料玫瑰油，玫瑰油价值比黄金还要昂贵。因此，玫瑰有"金花"之称，为世界名贵香料。玫瑰还具美容养颜、抗衰老作用。

【行家经验】

玫瑰在我国栽培悠久,既是优良的花灌木,可布置花坛、花径、绿篱等,又是重要的香料植物。其具体栽培技术主要有:

一、土壤选择。

玫瑰生长健壮,适应性很强,耐寒、耐旱,对土壤要求不严,喜阳光充足、凉爽而通风及排水良好之处,以中碱性或微碱土壤最宜,微酸性土壤也可。

二、繁殖方法。

可用分株、扦插、播种繁殖。分株繁殖是在落叶后、萌芽前在株丛周围挖取萌蘖栽种,成活较为容易,当年就可着花。玫瑰有愈分愈旺的特点,这是很有效的繁殖方法,不过数量有限。

大量繁殖可用扦插法,在早春萌芽前或秋冬落叶后,取一年生枝条剪成插穗埋于背风向阳的土中,等春暖时取出扦插,较容易成活。春季可直接用硬枝或夏季用嫩枝插均可,只是管理要求较高。用根插更易成活。

单瓣玫瑰可用播种繁殖,在秋播或沙藏后春播都可以。

三、合理施肥。

玫瑰是喜欢大水大肥的作物,要根据土壤情况及时补充水分,肥料则采用尿素,复合肥做追肥,每周追施1次。春季施入稀薄人畜粪尿促苗生长,注意不要污染茎叶。在孕蕾期要再施人畜粪尿1次,同时施用氮肥,配合适量磷、钾肥,以提供足够养分,增加孕蕾量。

四、浇水方法。

盆栽玫瑰每天的浇水次数不能太多,每天一次;夏季过分炎热时,每天早晚各浇1次水;冬季需要控水。浇水时一定要浇足,但盆土又要切忌长期过湿,以防止烂根。

五、温度要求。

玫瑰栽培温度以夜温 15～18℃,昼温为 23～25℃为佳,环境相对湿度一般不高于 80%。

【行家叮嘱】

玫瑰为多年生花卉,在其漫长的生长过程中,适度的修剪可令植株生长旺盛,并维持美观的株型。如果不加以修剪,任衰老枝条生长,则花朵会渐减少,而株型也相当难看。玫瑰需将开过花的枝条剪去 1/2 长度,其切口必须平整,并同腋芽呈 45°平行;此外枯枝、徒长枝、病枝、老枝及交缠的枝条也应剪去,以保持通风良好,并保持美好株形。

玫瑰的正确剪定法:玫瑰在花期过后,要进行整枝剪定,以维护良好的株形与生长势;先将开花的枝条剪去 1/2 的长度,并将枯枝、病枝、徒长枝及交缠的枝条一起剪去;经过适度修剪的玫瑰会再长出新枝,新枝上会着生花蕾,并且再度开花。

玫瑰的修剪原则:

使用锐利的剪定铗,修剪的位置在芽的上方 0.6 厘米处,以呈 45°角为宜。

玫瑰植株的中心部位宜充分开展,以保持瓶状为宜,能促进空气流通,并可减少疾病的发生。

需剪除患病枝条。

需剪除任何不定芽。

需剪除虚弱的徒长枝,同时恢复植株原有的外观。

修剪在冬末或早春进行为宜,即生长期之前。

强剪定之后,玫瑰花朵数目会较少,但花朵硕大;而轻微的修剪则是花数多,而花朵小。

修剪的安全界限是以剪至枝条中心出现白色为止，通常褐色的中心则表示是死亡的枝条。

9 佛手：美容护肤，健脾养胃

佛手，又名九爪木、五指橘、佛手柑。为芸香科常绿小乔木。主产于闽、粤、川、江浙等省，其中以浙江金华佛手最为著名，被称为“果中之仙品，世上之奇卉”，雅称“金佛手”。

佛手的叶色泽苍翠，四季常青。花朵洁白、香气扑鼻，并且一簇一簇开放，十分惹人喜爱。到了果实成熟期，果实色泽金黄，香气浓郁，它的形状犹如伸指形、握拳形、拳指形、手中套手形……状如人手，千姿百态，惟妙惟肖，让人感绝妙趣横生。其挂果时间长，有3～4个月之久，甚至更长，可供长期观赏。它喜阳光，但畏烈日，室内放在南窗即可。

佛手不但有较高的观赏价值，而且具有珍贵的药用价值、经济价值。

【养生分析】

佛手全身都是宝。根、茎、叶、花、果可入药，辛、苦、甘、温，且无毒；入肝、脾、胃三经，有理气化痰、止呕消胀、舒肝健脾、和胃等多种药用功能，而且可以美容护肤；对老年人的气管炎、哮喘病有明显的缓解作用；而对一般人的消化不良、胸腹胀闷，有更为显著的疗效。

【行家经验】

佛手原产中国和印度，是一种名贵的观果花卉及药用植物。其具体栽培技术主要有：

一、土壤选择。

佛手喜排水良好、肥沃湿润的酸性沙质土壤。

二、繁殖方法。

佛手扦插、嫁接、高压繁殖均可。扦插时间在 6 月下旬到 7 月上、中旬,从健壮母株上剪取枝条为插穗,大约 1 个月可发根,2 个月发芽,发芽后即可定植;也可采用长枝扦插,取 3～4 年健壮枝条,剪成长 50 厘米作插穗。

三、合理施肥。

佛手为喜肥植物。施肥可分 4 个阶段进行,在 3 月下旬到 6 月上旬,施 1 次稀薄肥;在 6 月中旬到 7 月中旬,可每 3～5 天施 1 次肥,较浓,最好多施磷钾肥;在 7 月下旬到 9 月下旬,可 10 天施 1 次肥,少一些氮,多施钙、钾、磷复合肥;到 10 月以后,施稀薄人粪尿、腐熟厩肥、饼肥、焦泥灰复合肥,可利恢复树势,保暖越冬。

四、浇水方法。

佛手喜水湿。夏季生长旺盛期要多浇水,同时及时喷水,以增加空气湿度。在冬季休眠期,要保持盆土湿润。开花结果初期,不宜浇水过多。

五、温度要求。

佛手喜温暖,其生长适温 25～35℃,在暖房 4℃以上可以越冬。

【行家叮嘱】

为保证佛手长势稳定,必须做好树形、树势的调整及花、果枝条的合理修剪;另外,如果养护不好,很容易落叶,大量落叶会直接影响植株的光合作用,进而导致开花不好坐果难,甚至不开花不结果。因此,要养好佛手,保叶也很重要。

一、修剪整形。

佛手粗生快长分枝多,必须每年进行合理修剪整形,以使树势旺盛,促进结果枝分布均匀。在采果后和3月萌芽前进行修剪整形,剪去交叉枝、衰弱枝、病虫枝和枯枝,徒长枝。佛手的短枝大多是结果母枝,需尽量保留,凡是夏季生长的夏梢除个别为扩大树冠需要外,都应全部剪去。

二、护叶。

有的佛手生长过程中,叶片呈黄绿色或出现黑褐斑,这说明土中缺钾,需增施钾肥。要是佛手叶片发黄,光泽暗淡,说明土壤碱性大,可每个月施1次矾肥水,即硫酸亚铁,以增加土壤酸性。

如果佛手光长叶不开花,则说明氮肥过多,可停施氮肥,增施磷肥。若是佛手枝叶不茂,长势不好,花少又不易坐果,就说明氮肥不足,可增施氮肥。

另外,要想使佛手坐果好、果形美,还需要注意保护好春天开的花。

✿ 10 凤仙：活血通经，消肿止痛 ✿

凤仙花,为凤仙花科一年生草本植物。用红凤仙花同明矾捣烂,敷于指甲上,纤纤玉指就会染上点点丹霞,因此又名指甲花、染指甲花、小桃红等。它原产于印度、马来西亚和中国南部。

在花卉当中,凤仙花不以色香引人,主要是以姿容形态取胜。

凤仙花的花形格外奇巧,花朵宛如飞凤,那花有头有尾有翅有足,生动形象,活灵活现,仿佛一只凤凰在飞翔,令人不得不赞叹大自然造化的神奇绝妙。

此外,凤仙花对氟化氢反应很灵敏,可以用来监测氟化氢污染。

【养生分析】

凤仙花种子,也名急性子,其茎也名透骨草,均可入药,具有活血化淤、利尿解毒、通经透骨之功效。将鲜草捣烂外敷,可治疮疖肿痛、毒虫咬伤,种子可为解毒药,有通经、催产、祛痰、消积块的功效,但孕妇忌服。

【行家经验】

凤仙花繁殖力旺盛,即使是在半背阴处也能长期开花;怕湿,耐热不耐寒。其具体栽培技术主要有:

一、土壤选择。

凤仙花作为一年生草本花卉,对土壤适应性很强,地不择干湿、移栽不论时序。地栽凤仙花应选择疏松、肥沃、深厚、排灌水方便的地块栽种,忌积水、久湿和通风不良;若盆栽应选用富含有机质、通透良好的培养土。

二、繁殖方法。

凤仙花用种子繁殖。3~9月进行播种,以4月播种最为适宜,这样6月上、中旬就可开花,花期可维持2个多月。

在播种前,应将苗床浇透水,使其保持湿润,凤仙花的种子比较小,在播下后不能立即浇水,以免把种子冲掉。然后,再盖上大约3~4毫米一层薄土,要注意遮阴,大约10天后可出苗。当小苗长出2~3片叶时就要开始移植,以后可逐步定植或上盆培育。

三、合理施肥。

凤仙花应每隔半个月施1次薄肥,直至开花就停止施肥。

四、浇水方法。

春末夏初,当温度出现大幅度上升而且久不下雨时,应特别重视水分管理,适宜早晨浇透水,晚上若盆土发干,则需再适量补充水,同时适当给予叶面和环境喷水,忌过干和过湿,甚至可在正午前后将盆栽植株搬放到阴处给予遮阴。盛夏空气干燥,需在叶面和盆四周喷水,增加空气湿度,以改善生长环境。

五、温度要求。

凤仙花发芽的适当温度是 22~30℃,播种期为 3~4 月或 9~10 月;凤仙花生长的适当温度为 15~32℃,开花期为 5~7 月或 12~2 月。另外,此花不耐寒,气温下降到 7℃时会受冻害。

【行家叮嘱】

为了使凤仙花开得好,花期延长,更好地供观赏,在栽培中需要重视管理。其要点如下:

一、地栽,然后盆栽。

可在阳台边角筑一小园地,长 70 厘米、宽 35 厘米、高 15 厘米,填土高 10 厘米,等距离栽培多株凤仙,等凤仙花叶翠后移植 1~2 株在紫砂盆中,在浇足定根水后,放置荫蔽、凉爽地方养护,常喷叶面水,等生长正常后可摆放室内几架之上观赏。待颜老色衰,脱盆重新种植在小园地,同时从园中移植新的植株于盆中养护,这样周而复始便可供长期放置室内观赏。

二、摘心。

还没开花的凤仙小苗需要摘心 1 次,以促使多分枝,使植株矮壮,枝叶茂密、整齐、紧凑。

三、修剪。

凤仙幼苗期除摘心外,植株矮壮后也需要及时修剪,以使株型茂密、整齐、紧凑、浑圆集中,繁花似锦,绿叶如茵,提高全面观赏的效果。

❋ 11 腊梅:解暑生津,解毒生肌 ❋

腊梅为我国特产,属腊梅科落叶灌木,花黄色,有蜡质,又名有黄梅花、香梅。而称作"腊梅",是由于它在南方的某些地区是在腊月开花。另外腊梅科除腊梅外,还有夏季开花的夏腊梅、秋季开花的亮叶腊梅等。

每年寒冬腊月,唯有腊梅迎霜破雪,它是中国园林独具特色的冬季典型树木,可以孤植、丛植、列植于花池或草地中。

腊梅寿命长,生长缓慢,还常常用作盆栽,经剪扎制作树桩盆景。腊梅也是冬季插花的优良品种,花期长达数十天之久。

【养生分析】

专家称,腊梅的花和根茎可入药,有解暑、生津、顺气止咳、解毒生肌之功效。主治热病烦渴、咳嗽、胸闷、小儿麻疹、百日咳、烫伤等。

现代药理分析,腊梅花含有龙脑、桉油精、芳樟醇等成分。而腊梅根茎可祛风理气、活血解毒、主治哮喘等症。

【行家经验】

腊梅由于色香具备,冬季开花长久,很适宜作盆景,供室内观赏,更是冬季室内插花的上品,是我国特有的珍贵花卉;其具体栽培技术主要有:

一、土壤选择。

腊梅原产我国中部地区,性喜在阳处或半陆地生长,具有一定的耐寒力。腊梅怕风,应栽在背风向阳处。宜选在土层深厚而排水良好的土质栽培,土壤以近中性或微酸性较好,在黏性土、碱土中生长不良。

二、繁殖方法。

腊梅常用播种、分株、压条、嫁接等方法繁殖。

播种:多用于砧木繁殖及新品种选育,也可直接用于园林栽植。在6~7月种子呈棕黑色时即可采收,以随采随播最好,播后10天就出苗,当年苗高可达 10 厘米以上。如果春播,种子应在阴凉处干藏,在播前需温水浸种 12 小时。一般实生苗 3~4 年就可以开花。

分株:在秋季落叶后至春季萌芽前进行。分株时,每小株需留有主枝 1~2 根,并且在主干 10 厘米处剪截后栽种。

压条:分普通压条、堆土压条和空中压条等方法,目前应用较少。以 5~6 月梅雨季节进行压条为好。

嫁接:此为腊梅主要的繁殖方法。采用切接、腹接、靠接、芽接均可。切接及腹接可在 3 月叶芽萌动、麦粒大小时进行,这一时期只有一星期左右。如果贮藏接穗和剥除母株枝条上萌发的芽,可以延长嫁接期限,接活后需及时除尽砧木萌条。靠接在春夏都可进行,不过以 5 月最适宜。芽接在 7 月中旬到 8 月中旬为佳。

三、合理施肥。

腊梅喜肥。每年早春和初冬各施 1 次肥,在施肥后随即浇水。盆栽者,盆土需要用腐叶肥掺沙壤土作底肥,上盆初期不可再追施肥水。春季要施展叶肥。6~7 月要少量多次施薄肥水,以促进花芽分化。

四、浇水方法。

由于腊梅耐旱力强,有"旱不死的腊梅"之说。腊梅怕涝,需少浇水,土壤湿度过大腊梅生长不良,会影响花芽分化和开放。盆栽土壤保持半干即可,而露地在雨季特别要防止积水。

五、温度要求。

盆栽腊梅,温度要维持在 -2℃左右,花期不得低于 -10℃。

【行家叮嘱】

养好盆栽腊梅,时刻不能掉以轻心,尤其在夏季高温日灼时,稍有疏忽不慎,轻者造成枝瘦花稀,降低桩景的观赏价值;重则造成全株枯死,有可能使多年精心培育的古桩腊梅毁于一旦。在夏季可采用以下几种技巧来养护。

一、掩物增湿。

在伏天高温时,可通过掩盖不易散发水分物质比如:腐叶质、稻糠灰、碎布、旧棉花等来掩盖盆上的方法来增加湿度,这些物质一次性吸足水,至少可保持在高温干旱期间盆栽腊梅两天内是处在湿润状态,如此可保证干燥地区或高楼阳台上的腊梅树桩不会因空气过分干燥而失水枯死。

二、套盆保湿。

用大于盆栽的盆,或用装水果的竹篓子、木盒,将盆栽腊梅放于其中,接着用腐叶土或疏松的土壤将套盆、竹篓子底及周围填实,然后再用几片小瓦或用塑料卷成一个大环,固定在所用套物上口内缘,同时用绳子或铅丝将瓦片、塑料环扎牢,填满疏松的培养土,令腊梅裸露于上的龙爪状侧根主干的基部一并被掩埋好,这样可防止夏日的阳光暴晒,还可保持腊梅盆栽周围的湿度与抗热作用。

三、遮阴保湿。

腊梅性喜半阴,在炎热的夏天,中午日灼,可为其遮阴或是搬进荫蔽的地方。

轻松养好花花草草

第

3

篇

一. 利用环境巧养花

1 春天到了, 如何护理家庭花卉

养花是很多朋友的爱好, 它能美化居家环境, 还能修身养性, 调养身心。春天, 是种花的好季节, 是为盆花增肥、修剪、繁殖的最好时机。但是春季的天气变化大, 气温上下波动, 长期在室内栽种的盆花也会娇生惯养, 此时一照顾不周, 便将前功尽弃。这时该如何进行正确的护理, 以确保家庭花卉在这一年里都枝繁叶茂呢?

一、移盆。

一般花卉和绿色植物购买时是盆栽的, 拿回家后最好也原盆种植, 不要轻易移盆, 尤其是在春季, 天气乍暖还寒, 很多植物根须较深, 一移盆就会使花卉根须营养吸收不利, 造成植物死亡。

当然有的花卉已种植多年,可以选择在 3～4 月份移 1 次盆,这 2 个月的天气条件有利于花卉的存活和生长。

二、浇水。

观果植物比如佛手、金橘、富贵籽等,不但要保持盆土湿润,而且必须给叶片、花苞、果实喷水,这样才可使其叶色碧绿,花芽迅速膨大,果实色彩鲜艳;而对各种各样的凤梨类花卉如吉利星、高红星。如果室温低于 10～15℃,不仅需要控制浇水,其叶筒内也不宜过多注水,以防发生烂心;对于盆栽观赏植物,应以保持盆土湿润为宜,但浇水也不能太勤,一般为冬、春、秋三季三四天浇 1 次水,夏季每天浇 1 次。

三、施肥。

山茶、茶梅、君子兰、红梅、杜鹃、大花蕙兰、吉利星、高红星等,只要室温不低于 15℃,就可在 15～20 天左右施 1 次复合肥,而对已进入休眠状态的树桩盆景和盆栽观叶植物,应停止一切形式的追肥。

四、修剪。

3～4 月份,对盆栽观赏植物,应将其上的枯枝黄叶及感染了病虫害的枝叶全部剪除后销毁,一些品种如橡皮树、幸福树等,则需要"打头",也就是剪去长得最高的嫩头,剪去的长度为 2～3 厘米,剪后可用锅底灰封住断面消毒。

五、病虫防治。

春季各种花卉将进入旺盛的生长季节,此时可在叶面及叶背喷 1～3 次 1% 的波尔多液,以防病害。1% 的波尔多液的配制方法为:硫酸铜 1 克,粉碎后加热水 50 毫升溶化;再用生石灰 1 克,用几滴水使之粉化,最后加 50 毫升水,滤去残渣;再将这两种溶液同时倒入同一容器中搅匀,就可成天蓝色透明的波尔多液。

六、防寒。

因为春季依然是乍暖还寒的时节,根据不同观赏植物种类所能忍受的下限温度来确定搁放于阳台上的盆栽植物,在寒潮来临前,须搬入室内避寒,或直接在植物上方搭盖双层塑料棚防寒。

为你支招:喜欢养花的人都知道,南方的一些花卉,在北方盆栽不易成活或开花,这是因为盆土碱性过大。中和碱性土的办法有很多种,这里介绍一个用果水的方法,就是将削下的果皮及果核用冷水浸泡,经常用这种水浇花,可逐渐减轻盆土的碱性,有利于某些花卉的生长。

2 家养花卉如何度夏

夏天进伏以后,气候炎热,雨量增多,空气湿度大,阳光充足,正是许多花卉和观叶植物生长发育的旺盛期。而夏季家庭花卉该如何护理,以确保它们安然度夏呢? 主要应该注意以下几点:

一、光照。

一般喜光照充足的花卉,如变叶木、菊花、大丽花、米兰、白兰、扶桑、紫薇、金橘及水生花卉、月季、石榴、桂花、茉莉、梅花、牡丹、一品红、仙人掌类花卉等,春季出室后要放在阳光充足处养护,但到了盛夏,也需移至略有遮阴处,防止强光暴晒。

一般阴性或喜阴花卉,如龟背竹、常春藤、南天竹、一叶兰、万年青、秋海棠、兰花、吊兰、文竹、山茶、杜鹃、栀子、棕竹、蕨类以及君子兰等,夏季宜放在通风良好、荫蔽度为50%～80%的环境条件下养护,若受到强光直射,就会造成枝叶枯黄,甚至死亡。这类花卉夏季最好放在朝东、朝北的窗台上,或放置在室内通风良好的具有明亮散射光处培养，也可用芦苇或竹帘搭设荫棚，将花盆放荫棚下养护,这样有利于花卉健壮生长。

二、降温增湿。

不同花卉由于受原产地自然气候条件的影响,形成了特有的最适、最高和最低温度。对于多数花卉来说,其生长适温为 20～30℃。许多花卉夏季开花少或不开花,高温影响其正常生育是一个重要原因。在一般家庭条件下,夏季降温增湿的方法,主要有以下几种降温方法：

1.喷水。夏季在正常浇水的同时,可根据不同花卉对空气湿度的不同要求,每天向枝叶上喷水 2～3 次,同时向花盆地面洒水 1～2 次。

2.水池。可将一块硬杂木或水泥预制板,放在盛有冷水的水槽上面,再把花盆置于木板或水泥板上,每天添 1 次水,水分受热后不断蒸发,既可增加空气湿度,又能降低温度。

3.铺沙。可在北面或东面的阳台上铺上一厚层粗沙,然后把花盆放在沙面上,夏季每天往沙面上洒 1～2 次清水,利用沙子中的水分吸收空气中的热量,即可达到降温增湿的目的。

三、休眠期的养护。

有些花卉,例如君子兰、小苍兰、仙客来、倒挂金钟、天竺葵、大岩桐、郁金香、令箭荷花等,到了夏季高温季节即进入半休眠或休眠状态,表现出生长速度下降或暂停生长,以抵御外界不良环境条件的危害。为使这类花卉安全度过夏眠期,须针对它们休眠期的生理特点,采取相应方法精心护理方法。

1.停止施肥。由于休眠期间花卉的生理活动极微弱,因而不需要肥料,若施肥则易引起烂根,乃至整株死亡。

2.控制水分。休眠期间浇水过多,盆土久湿,极易烂根；浇水过少,盆土太干,又易使根系萎缩。因此,浇水以保持盆土略湿润为宜,但需经常向枝叶上喷水,向花盆周围地面上洒水,使之形成湿润凉爽的小气候,以利于休眠。

3.遮阳避雨。入夏后将休眠花卉移至阴凉而又通风处,避免阳光直射和防止雨淋,否则容易造成烂根,甚至全株死亡。

四、修剪整形。

盆花夏季修剪主要是进行摘心、抹芽、摘叶、疏花等操作。对一些春播花草,在夏季要及时摘心,促使其多分枝、多开花;对一些观果花卉,如石榴、金橘、佛手等,在当年生枝条长到15～20厘米时也需摘心,以控制营养生长,使养分集中供给开花结果使用,在结果期还需及时摘掉一部分幼果,一般短的结果枝只留一个果。对于一些观花花卉,如菊花、茶花、月季等,应摘除过多花蕾,促使花大色艳。此外,发现徒长枝时,应及时剪除。在夏季,一些花卉的茎基部或主干上常发生不定芽,如果这类芽长成枝条,难免会消耗植株养分,因此在夏季盆花生长旺盛时期应及时抹除不定芽。

/为你支招:夏季也是一些盆花播种适宜期,可根据花期来选择适当的播种期。如果希望三色堇在国庆节前后开花,就要在7月初进行播种;瓜叶菊在7、8月份播种,可在严冬季节开放;香石竹、大岩桐在8、9月份播种,可在第二年夏季开花。/

3 秋天养护花卉要注意什么

进入秋季,气温下降,日照减少,家庭花卉对光照、水分、肥料的需求发生变化,那么秋季家庭养花都有哪些窍门呢? 需要注意一些什么呢?

一、光照。

由于秋天日光逐渐减少,夏季放置在庇阴处的花卉,比如:棕竹、橡皮树、散尾葵、文竹等,这时候应将它们移到早、晚有阳光的地方。

二、花时。

两年生或多年生作一二年生栽培的花草和部分温室花卉及一些木本花卉都宜进行秋播。牡丹、芍药以及郁金香、风信子等球根花卉宜于中秋季节栽种。盆栽后放在 3~5℃的低温室内越冬,使其接受低温锻炼,以利来年开花。

三、水分。

初秋气温相对较高,而且空气相当干燥。对大多数盆栽花卉和盆景,浇水需坚持"不干不浇、浇则浇透"的原则。浇水时间在上午 10 时以前,下午 3 时以后,同时可辅以叶面喷水。

四、肥料。

秋季正是大部分花卉旺盛生长的时期,一些夏季处于休眠和半休眠状态的花卉也开始恢复了生长,此时应当重视施肥。如菊花、腊梅、白玉兰、蟹爪兰、瑞香、兜兰等均在秋天孕蕾;而月季、君子兰等既长枝叶,又孕蕾。这时,应该给花卉施入一次以氮为主的氮、磷、钾肥,如此既能使花卉茁壮繁茂还能提高花卉入冬后的抗寒能力。

五、换盆。

进入秋季以后,是盆花翻盆、换土的好时机。凡是花盆过小、根系密布盆壁的花卉,这时候都应及时调换大盆,这样利于花卉的生长。即使是不需要换盆的花卉也应翻盆换土。

六、采种。

盆栽花草以及部分木本花卉均在秋季成熟,要随熟随收。采收后及时晒干、脱粒,除去杂物后选出子粒饱满、粒形整齐、无病虫害、具有本品种特征的种子,放室内通风、阴暗、干燥、低温的地方贮藏。对于一些种皮较厚的种子,如牡丹、芍药、腊梅、玉兰、含笑、五针松等采收后宜将种子用湿沙土埋好,进行层积沙藏,以利来年发芽。

七、入室。

每种花卉的抗寒能力不同,故入室时间因花而异。一般而言,在不至于使花卉受冻伤的前提下,最好稍迟一些时间入室为好。此时可将盆花移至阳台或庭院背风向阳处,使其经过一段低温锻炼,这对多数花卉都是有益的。

／为你支招:怕冻的花卉和观叶植物在深秋时节应逐渐控水,要控制氮肥,增施磷、钾肥和增加光照,以利提高花卉体液浓度,提高抗寒能力;秋季也是树干增粗的高峰时期,对绑扎已定型的盆景应及时松绑,以免造成缢痕,不利于观赏;秋季还要注意种子的分类采集和部分花卉的扦插繁殖。／

☀ 4 冬天到了,家庭花卉如何养护 ☀

冬季室内开窗换气频率大大降低,空气不流通容易造成二氧化碳、二氧化硫等有毒有害气体的增加,若能在居室里养几盆绿色植物,既起到了美化环境的作用,又有益于房主的身体健康。冬季温度较低,不适合大部分花卉的生长。为了使盆花安全越冬,在初冬时需要陆续搬进室内,入室后需考虑到各种花卉的特性,采取一些养护措施。

一、根据不同花卉适当调节温度。

北方地区,冬季气候寒冷,温度较低,一般南方花卉需要移入室内越冬,同时根据不同花卉的要求调节适合的温度。

喜高温的花卉,比如米兰、一品红、非洲凤仙、秋海棠类及仙人球类肉质花卉,应尽量将花盆放置在阳光充足、温度较高,在 $20\sim25℃$ 之间的室内窗台处,最低温度不得低于 $10℃$。

喜中温的花卉,比如茉莉、天竺葵、月季、万年青类,适合温度为 18～22℃,最低温度不得低于 6℃。

喜低温的花卉,例如金橘、桂花、兰花类,温度应保持在 12～15℃之间,最低温度不得低于 2℃。

此外,冬、春季开花的花卉及性喜光照、温暖的花卉,比如仙客来、茶花、一品红、米兰、茉莉等,应放在窗台或靠近窗台的阳光充足处。那些性喜阳光但能耐低温的常绿花卉或处于休眠状态的花卉,比如桂花、柑橘类,可放在有散射光的冷凉处。对光照要求不严格的花卉,比如盆栽睡莲、月季,可放在没有光照的阴冷处。

二、要尽量减少或停止施肥。

冬季大多数花卉进入休眠期,因而要尽量减少施肥或停止施肥。冬季不休眠的室内花卉,比如常绿类花卉虎尾兰、鱼尾葵、棕竹、绿萝,室温在 5℃左右时对肥料基本上无要求,因此不需追肥,如果气温较低时施肥容易出现根系腐烂的现象。

三、勿直接用自来水浇花。

冬季由于气温低,浇花用水要经过器具贮存或晾晒,不可直接用自来水浇花,以防温差过大,损伤根系。由于入冬气温不断下降,花卉的代谢缓慢,或进入休眠状态,一般盆花都应严格控制肥水。要是盆土不是太干,就不要浇水,特别是耐阴的花卉,更要避免因浇水过多而引起烂根落叶。

一般浇水时间应在中午前后为适。对一些喜阴湿的常绿花卉,比如文竹、龟背竹、春羽、竹芋、茶花、万年青类等,应经常用与室温相近的水喷洗叶面,以清洁除尘,利于光合作用。

／为你支招:冬季室内要注意通风,整个冬季都应在晴朗天气的中午开

窗通风换气,这样可以减少病虫害的发生,还有利于花卉健壮生长。

5 阳台怎样养花

生活节奏加快了,生活空间变小了,人们在寻找空间和时间来美化自己的生活。家庭养花也是一门科学,尤其是在狭窄的阳台上,如何养花也有很多的学问。

一、按照植物的特性和自己的喜好选择品种。

要是自己的工作特别忙,无暇照顾家中阳台上的小生灵,可以选择多肉的植物,比如仙人掌类、芦荟类植物,它们对光照和温度、湿度要求都不是很严格,任你十天半月的离家,回家同样可以看见她们婀娜的身姿。

如果有一定的时间来摆弄花花草草,在选择品种时就有了较大的自由度,还可以把阳台装扮成一个立体的小空间,上边来几盆垂吊牵牛或兰花,在下面摆些凤仙、月季、万寿菊、太阳花、一串红、石榴,姹紫嫣红,真是美不胜收。

二、摆放的位置也是一门学问。

对不同方位的阳台,应选择不同品种的花卉养植。东西方向的阳台,为遮挡烈日,隔热降温,适宜盆植某些藤本花卉,比如金银花、常春藤、牵牛花等,并附以引绳、支架,使其形成花蔓缠绕的绿色屏蔽;而北向阳台上则以喜阴性花卉为宜,比如天竹、虎刺、万年青、玉簪等。

三、注意控制温度,对植物生长很重要。

冬天开花的植物少是因为温度低;温度高了,有一些植物不但不开花还很容易进入休眠状态,花败叶落,大煞风景。家庭养花温度最适范围在15～30℃之间,如果没有这样的条件,就要动脑筋想办法了。

若家里有多个阳台,在夏天应尽量避免使用南、西两边阳台,而东、北方向都能改善阳台的温度;在夏天采取洒水降温的措施也很不错,不愿意动手的可以在地面洒水,喜欢动脑又动手的,可以用一些废弃的地板革铺在花盆下做成一个上面开口的大容器,在花的上面装一个喷雾装置,喷下的水通过地板革容器收集,如果还有一个小水泵把渗出的水抽到喷雾装置中,水就可以循环使用,效果就非常好了,不过一定要注意,容器不能漏。

在无法控制温度的情况下,阳台上的植物进入休眠,这时一定注意不要再浇水或施肥。

四、浇水与施肥大有讲究。

不管是观叶还是观花植物一般都要见干见湿,而肥料的施加也是一门学问。

开花的植物要求水肥较多,观叶的就不是那么娇气,随便来点就行。需要注意的是在高温期和生长缓慢时要少施肥。俗话说此时"虚不受补"。如果要施加一定量的化肥一定要掌握几个要点。首先一定要稀释,1~1.5克的氮、磷、钾的混合肥要用1千克的水稀释。其次,注意发财树、绿箩等在株型稳定后尽量不要施肥。否则,她们会疯长,既细又弱,株型极其难看。再次,对观叶植物小苗期施化肥氮、磷、钾比应为3:1:1,对观花类植物施肥则可以调整到2:1:2或3:1:3。

为你支招:阳台阳光充足,利于植物进行光台作用,但有些花卉虽喜光却忌暴晒,因此,宜将它们放在株型较大的喜晒盆花的后面。另外,阳台大多是水泥结构。经烈日一晒,温度很高,会烤伤盆花的根须,为了避免此类情况的发生,可在花盆底下垫上一块木板,以便隔热。

6 墙面绿化可以采用哪些攀缘植物

墙面如有爬墙的植物,可以遮挡太阳辐射和吸收热量。另外,墙面绿化还可减弱城市噪声,当噪声声波通过浓密的藤叶时,约有 26% 的声波被吸收掉。因为攀缘植物的叶片多有绒毛或凹凸的脉纹,能吸附大量的飘尘,起到过滤和净化空气的作用。

总之,墙面垂直绿化还具有很好的观赏性,如果植物品种选择得当,墙内外几乎四季常青,让人仿佛置身于大自然之中。不过,对墙面绿化的植物要求比较苛刻,最好选择浅根、耐瘠薄、耐旱、耐寒的强阳性或强阴性的攀缘植物。常用的攀缘植物如下:

一、常春藤。

四季常青,耐阴性强,也是很好的室内观叶植物。喜温暖,可耐短暂 −5～−7℃ 低温,既喜阳也极耐阴。

二、凌霄。

花期 7～8 月,花漏斗形,橙红色。茎上有气生根并有卷须,其攀缘生长可高达 10 余米。在立柱上缠绕生长宛若绿龙,柔条纤蔓,随风摇曳,很是美观。

三、茑萝。

一年生草本,7～9 月开花。若将其植于棚架、篱笆、球形或其他造型支架下,缠绕其上,格外美丽。

四、紫藤。

4、5 月开淡紫色花,夏末秋初常再度开花。

五、爬山虎。

为落叶攀缘植物,覆盖面积大,生存能力强。在墙角种植,靠气根吸墙而上,一两年便能形成一道绿屏,是绝好的墙面绿化材料。

/为你支招:根据墙面朝向及高度选择植物。/

一、墙面朝向。

墙面朝向不同,适宜采用的植物材料不同。一般而言,朝南和朝东的墙面光照较充足,而朝北和朝西的光照较少;有的住宅墙面之间距离较近,光照不足,所以要根据具体条件选择合适的植物材料。当选择爬墙植物时,适宜在东、西、北三个朝向种植常绿树种,而在南向墙面种植落叶绿树种,可利于南向墙面在冬季吸收较多的太阳辐射热。因而,朝南墙面可选择爬山虎、凌霄等;而朝北的墙面可选择常春藤、薜荔、扶芳藤等。在不同地区,适于不同朝向墙面的植物材料不完全相同,要做到因地制宜选择植物材料。

二、墙面高度。

攀缘植物的攀缘能力不尽相同,要根据墙面高度选择适合的植物种类。高大多层的住宅建筑墙面适宜选择爬山虎等生长能力强的种类;而低矮的墙面,可种植常春藤、络石、凌霄等。

❋ 7 楼顶种什么花好 ❋

屋顶自然环境与地面、室内差异很大。高层楼顶风大,夏季炎热而冬季又寒冷,阳光充足,容易造成干旱。因此,楼顶种花是有讲究的,有选择性的;常见的有棕榈、栀子花、巴茅、紫荆、紫薇、海棠、腊梅、天竺、杜鹃、牡丹、茶花、含笑、月季、金橘、茉莉、美人蕉、百合、鸡冠花、葡萄、紫藤、常春藤、爬山虎、桂花、菊花、迎春、荷花等。

一、选择阳性、耐瘠薄的浅根性植物。

屋顶花园大部分地方为全日照直射,光照强度大,植物应尽量选用阳性植物。在某些特定的小环境中,像花架下面或靠墙边的地方,日照时间较短,则可适当选用一些半阳性的植物种类,以此丰富屋顶花园的植物品种。屋顶的种植层较薄,为防止根系对屋顶建筑结构的侵蚀,要尽量选择浅根系的植物。由于施用肥料会影响周围环境的卫生状况,因此屋顶花园应尽量种植耐瘠薄的植物种类。

二、选择耐旱、抗寒性强的矮灌木和草本植物。

屋顶花园夏季气温高、风大、土层保湿性能差,冬季则保温性差。因此,应选择耐干旱、抗寒性强的植物为主;并且,要考虑到屋顶的特殊地理环境和承重的要求,还需注意多选择矮小的灌木和草本植物,以利于植物的运输、栽种管理。

三、选择抗风、不易倒伏、耐积水的植物种类。

在屋顶上空风力一般较地面大,尤其是雨季或有台风来临时,风雨交加对植物的生存危害最大,再加上屋顶种植层薄,土壤的蓄水性能差,一旦下暴雨,容易造成短时积水,因此应尽可能选择一些抗风、不易倒伏,并且又能耐短时积水的植物。

四、选择以常绿为主,冬季能露地越冬的植物。

屋顶花园的植物应尽可能以常绿为主,宜用叶形和株形秀丽的品种。为使屋顶花园更加绚丽多彩,体现花园的季相变化,还可适当栽植一些色叶树种;另外,若条件许可,可布置一些盆栽的时令花卉,令花园四季有花。

／为你支招:楼顶养花以玻璃温室为好,玻璃温室在外观上可以起到装饰的功效,相比塑料大棚来说,玻璃温室老化、损坏等问题相对较小些;在性能上,由于楼顶环境比较复杂,玻璃温室相对可以抵抗各种荷载,比如:风载、雪载等。另外,可对屋顶花园进行设计,充分考虑自然条件的要求,同时必须具备一定的条件,比如:结构坚固的要求,具有承载力和隔水、防水层以及排

水设施等。

8 小庭院适合栽什么花

在庭院内养花,不但可以减少空气污染和噪声危害,还可增强人体健康,增添生活乐趣。但是,很多家庭的院落只有一二平方米,甚至更小。那么在面积有限的小院落里应种植什么样的花卉呢? 又该如何栽植呢?

一、应以较为耐阴和抗逆力较强的品种为主。

比如:木本花卉中的腊梅、金橘、米兰、含笑、虎刺、杜鹃、天竹等;草本花卉中的兰花、吊兰、石竹、文竹、玉簪等;藤本花卉中的金银花、凌霄等。在盆架下的地面可种秋海棠、虎耳草、垂盆草等。要是每天太阳照射时间超过 4～5 小时,可考虑种月季和仙人球。

二、根据小庭院的特点栽植。

小庭院地方小,光照少,通风差,湿度大。这些对于许多花卉的生长都是不利的,而且容易使花卉产生病虫害。

为了克服这些不利条件,就要改地栽为盆栽,架设台阶提高位置。台阶需设在院内光照时间最长的地方,台阶最底层距地 30 厘米以上,而前后层高度相差 20～30 厘米。

台阶可用砖砌,或用架木板,或用架水泥板都可以。由于位置的提高,光照也就相应增多,湿气也随之减少,而植株间距变大了,通风自然也就转好。

小庭院栽花面积小,可用爬山虎、紫藤、牵牛花摆设花盆,可充分利用墙壁、匾篓等。

三、小庭院日常养植要注意控制浇水。

浇水一般应掌握"不干不浇"的原则,浇水量要求少些。在雨季和冬季更需注意少浇水,"宁干勿湿"。

因为小庭院湿度大,又不太通风,若是不控制水分,很容易造成植株烂根黄叶,或产生霉病,以致死亡。

四、防病虫害。

在平时应注意松土除草,防止滋生病虫害。一旦发现病虫害,要及时杀灭,并去除病枝病株,以防止病虫害蔓延。

五、修剪枝叶。

花卉枝叶过密,要进行疏枝摘叶,以保证充分的光照和通风。

／为你支招:选择花盆时,大小要与植株大小相适应,花盆过大易造成泥湿而根不发;另外,宜选择透水通气性好的疏松土壤作栽培用土。／

二. 养花技巧知多少

1 养花必备的几种工具

"工欲善其事,必先利其器"。要养好花,首先要必备养花工具,这样养起花来,才能得心应手,以下就是几种最基本的养花工具。

一、陶缸或瓮头。

用来贮放液态的自然肥料,应加盖,防止肥分挥发损失。

二、嫁接刀。

草本花卉的嫁接可用单面刀片代用;木本花卉的嫁接则使用芽接刀和切接刀。

三、剪子和弹簧剪。

在嫁接和扦插时,也常用来剪取接穗、插穗,或剪除砧梢等用。

四、铁丝筛。

培养土过筛时用,常以木条及铁丝布自制。

五、喷壶。

以容量 3000～5000 毫升为宜,壶嘴宜细长。备粗眼、细眼活动喷头各一个,叶面洒水可用粗眼喷头,播种或扦插盆喷水则用细眼喷头,为了减弱水分冲力,在小苗喷水时喷头宜朝上,让水先向上再翻下,盆面浇水一般可卸掉喷头,将喷嘴靠近花盆,慢慢浇入。

六、喷雾器。

防治花卉病虫害时,用来喷洒药剂;也可用作根外追肥喷洒稀释的化学肥料,及扦插繁殖时喷雾用。目前市场上有一种加压喷雾器,体积小、价格低廉。可准备两个:一个喷水,一个喷药。

七、瓦盆。

瓦盆是以黏土烧制成的花盆。有红盆及灰盆两种。一般盆栽用瓦盆最适宜。瓦盆不仅价格便宜、实用,而且因盆壁上有许多微细孔隙,透气渗水性能都很好,这对盆土中肥料的分解,根系的呼吸和生长都有好处。缺点是质地粗糙,色彩单调,搬运不便,容易破碎。素烧盆通常为圆形,大小规格不一,一般最常用的盆其口径与盆高基本相等。

八、紫砂盆。

素雅大方,造型多样,色彩调和,具古玩美感。排水、通气性较素烧盆差,较瓷盆略好,价格较贵,可用在名贵花卉上。

九、玻璃花盆。

玻璃花器是目前市场上比较普及的插花容器,是一种现代花器。这些玻璃花器较适合用草本花卉进行自由式插花,也可以水养球根花卉,如水仙、风信子、郁金香等。该种花器形状多姿多态,发挥空间较大。

十、陶瓷花器。

陶瓷花器是我国传统的花器,质感适中,适合插大多数的花材。陶瓷花器也可用于水养一些球根花卉或栽植一些水生花卉。如用青瓷瓶插上几株牡丹置于茶几上,室内顿时雍容华贵、生机盎然;春季,在高身瓷瓶内插上腊梅、梅花等,春意盎然、满室生辉;夏季,栽植几株莲花,使院内清新典雅、香气宜人;在春节期间,茶几上水养一盆水仙,清香四溢、如浴春风。

十一、金属花器。

金属花器是指用金属材料制成的插花容器,其中以铜制容器最为常用。金属花器稳重而古朴,具有一种庄重的气质,适合插单花和较大型的木本花卉。如春季在铜瓶中插上几枝梅花,使室内显得格外高雅、端庄。

为你支招:用紫砂盆、釉盆或瓷盆种植花卉,盆底一定要多垫几块碎瓦片,这样可以通畅排水,对花卉生长有利。另外,选用这类花盆种花,盆土不易干,切不可多浇水。

❋ 2 家养花卉如何浇水 ❋

家养花卉很重要的一点就是浇水。家养植物若是不浇水最终必定死亡。反之,若是浇水过多,使基质长期处于水湿状态而空气不足,也可造成植株烂根死亡。

当然,水分管理并没有一成不变的法则,不同的植物要有不同的水分管理,还要依照植株与盆器的大小、环境条件,特别是季节变化而定,因此平常的观察是最好的浇水依据。需注意所有的植物都需要在生长停顿期减少浇水量。

一、对于冬天干燥型植物。

每次浇水应让基质吸足水分,等基质适当干燥后再浇1次水;但在冬季其基质则大部分时间要保持干燥状态。

二、对于湿、干交替型植物。

大多数的观叶植物(叶质较厚的)属于这种类型。在生长季节应给予比较充足的水分,浇水后等上层的基质干燥后再浇水;冬季则需要在此基础上再减少浇水量。

三、对于湿润型植物。

大多数开花的草本花卉属于这种类型,也就是基质保持在不过分潮湿、有适度含水的状态。要经常注意基质的变化,一旦有干燥现象须及时补充水分。

四、对于潮湿型植物。

这类植物比较少,也就是浇水量足以使基质经常保持潮湿状态,而不仅仅是湿润而已。

当环境的温度及光照增加时,要增加浇水量;对种在小盆久未换盆的植株,要比种在大盆内或经常换盆的植株更需经常浇水;对种在陶盆内的植株要比种在塑料盆内的植株更需经常浇水。

/为你支招:在春秋季以早晨浇水为好;而盛夏时应避免于气温较高的9~15时之间浇水;在冬季若需浇水应在晴好天气的上午进行。/

❀ 3 怎样知道盆花是否缺水 ❀

浇水是养花的一项经常性管理工作,而盆土是否缺水是件较难掌握的

事,因此不少朋友常为此感到苦恼。下面是养花行家判断是否缺水的经验,简单介绍如下:

方法一,目测法。

用眼睛观察一下盆土表面颜色有无变化,如颜色变浅或呈浅灰白色时,表示盆土壤已干,需要浇水;若颜色变深或呈深褐色时,表示盆土是湿润的,可暂不浇水。

方法二,敲击法。

用手指关节部位轻轻敲击花盆上中部盆壁,要是发出比较清脆的声音,则表示盆土已干,需要浇水;要是发出沉闷的浊音,则表示盆土潮湿,可暂不浇水。

方法三,指测法。

将手指轻轻插入盆土约 2 厘米深处摸一下土壤,若感觉干燥或粗糙而坚硬时,就表示盆土已干,需立即浇水;如果略感潮湿,细腻松软的,则表示盆土湿润,可暂不浇水。

方法四,捏捻法。

用手指捻一下盆土,如果土壤粉末状,则表示盆土已干,应立刻浇水;如果土壤成片状或团粒状,表示盆土潮湿,可暂不浇水。

上述四种测试方法均为经验之谈,它们只能告诉人们盆土干湿的大概情况。如果需要准确知道盆土干湿情况,可购买一支土壤湿度计,将湿度计插入土壤里,就可看到刻度上出现"干燥"或"湿润"等字样,如此便可确切地知道盆土干湿度。

盆花缺水判断比较难以掌握,那么平时我们该如何对盆花进行浇水,该如何确定盆花的浇水量呢?

一般可以根据每种花卉自身的生态习性,还要考虑培养土的成分、天气状况、植株大小、生长发育阶段、花盆大小、放置地点等各方面因素,经过综合考虑后确定浇水次数以及浇水量。一般而言,湿生花卉多浇,旱生花卉少浇;草本花卉多浇,木本花卉少浇;天热多浇,天冷则少浇;旱天多浇,阴天则少浇;叶片大而柔软、光滑无毛的可多浇,叶片小而有蜡质层、茸毛、革质的则少浇;生长旺盛期多浇,休眠期则少浇;

苗大盆小的多浇,苗小盆大的则少浇。

为你支招:春季浇水量应逐渐加多。而且,春季浇水宜在午前进行。夏季气温较高,花卉生长旺盛,蒸腾作用强,浇水要充足些,而浇水时间以清晨和傍晚为佳。立秋后气温渐低,花卉进入生长缓慢期,应适当少浇水。冬季气温低,而多种花卉进入休眠或半休眠期,应控制浇水,盆土不太干就不要浇水,否则最容易导致烂根、落叶,会影响来年生长发育;冬季浇水适宜在午后1～2时进行。

❋ 4 盆花脱水时,怎样进行抢救 ❋

我们常常因为工作、学习太忙,一连几天都忘了给盆花浇水,很容易造成花卉长时间干旱脱水,嫩枝叶干瘪、打蔫、下垂,老叶发黄脱落。由于植物的生命力比较旺盛,若及时设法抢救,一般是可以让它们"起死回生"的。

一、要预防盆花脱水。

浇花每次要浇透,花盆下面一定要有垫盘,不但避免土和水漏在地上,关键是可以存些水在垫盘里,可以供花吸收。浇花切忌经常浇但每次只浇一点,这样水根本就滋养不到花的根部,在温度、湿度不固定的情况下,浇水的频率也就不能固定,要依土壤情况而定。

现在,很多中小盆花都是用营养土培养的,营养土比较松软也很适合植物根系的生长,并且干净不容易出现病虫害。不过,营养土松不太存水,根系又发达需要吸收大量的水,因此即使经常浇水,也没有充足的水分送给枝干和叶,容易蔫,表现出脱水的现象。

二、盆花脱水的挽救。

盆栽花卉脱水后不能马上浇大水,更不能再受暴晒,应先将花盆移至半阴处,稍向盆内浇些水,同时向叶面、枝干喷少量水,使植物细胞逐渐吸水,恢复到正常状态后,再逐渐增加浇水量。要是立即浇大水,不仅不能使植株正常复原,反而很有可能会引起叶片枯黄脱落,甚至整株死亡。

若花卉脱水严重,部分嫩枝叶已枯死,绝不能马上给它们灌足水,否则根系吸水过快过猛,令叶片迅速膨胀,从而会导致大量落叶,影响整体光合作用。其中难以复原的花卉有:兰花、牡丹、瑞香等肉质根类植物,其根系含水量大,受干旱脱水干瘪较快,再浇足水后,吸收膨胀也就快,根皮容易胀裂,容易引起烂根。对这些受干害的花卉,要先利用剪修去除枯死的枝叶,然后再置于阴凉处,每日浇 1 次水,等到盆土见干后再浇透,这样干湿轮回,养护一段时间,等基本恢复正常生长后再转入日常管理。

5 用什么水浇花好

浇花最好用雨水,其次是河水和池塘水,自来水需放置 1~2 天再用。水温和土温相差 5℃时,对根系有所伤害,最好放在容器中,晾数小时再用。

还可用许多经过特殊处理的水来浇花,对花卉有特殊的功效:有的能治虫防病,有的能提早开花,还有的能促进枝繁叶茂等。

一、喝剩的牛奶。

牛奶瓶内吃剩的残汁,掺水 10 倍后可以浇花。浇花的次数多了,土壤表层略有板结,可以通过松土给予解决。牛奶中的有机质能改良土壤结构。若用整瓶变质牛奶来浇花,一定要经过充分的发酵腐熟,不然会散发出浓烈臭味,影响卫生;且酸性太高,会刺激花卉嫩根,对花卉生长不利。

二、过期的豆浆。

过期豆浆不宜直接浇花,需要经过充分发酵后才可施用,不同的季节发酵时间不同,夏季 3~5 天,春秋季节 1~2 周,豆浆含氮素较多,可以促进花卉枝繁叶茂。

三、淘米水。

淘米水中含有丰富的磷、氮及其他微量元素,应充分发酵后再用。方法是:把淘米水倒入一个空坛中,加盖封严,放在向阳处,夏天大约经过 10 天,春秋季节约需 3 周便可使用。使用时不可沾污叶面,以免影响植物叶片光泽。

四、活化的自来水。

自来水、井水这些水源的温度与气温相差较大,同时缺少生物活性物质,自来水中还含有氯气消毒物质。可通过活性化进行改良。活化方法是:把水注入敞口的缸、池中,晒数日即可;对自来水可加入硫代硫酸钠,数分钟即可将氯气除去,加入量为每千克水加 0.5 克硫酸钠。若急于用水,也可以在水内放置维生素 C 片,一般一盆水加 1~2 片就可以,这样能加速消除氯气。

六、净化的河塘水。

如用河塘中的水浇花,因其含有大量沙子及有机杂质颗粒,很容易污染枝叶,破坏土壤的通气性,阻塞毛细孔道和呼吸根系,所以应做净化处理。净化方法是:向水中加入少量明矾并充分搅动,静置一段时间,水中的杂质就会沉淀,上层澄清液就可以用来浇花了。

/ 为你支招：冬季天冷水凉，用温水浇花为宜。最好先将水放置室内，等其同室温相近时再浇。要是能使水温达到35℃时再去浇，则更好。/

❀ 6 出差时盆花无人浇水怎么办 ❀

主人出差，盆花无人浇水，该怎么办？对于耐旱性强的花卉，一个星期不浇水也不成问题；可是对于喜欢湿润的花卉，则需要每天浇水。下面介绍几个可行的办法以解除你的后顾之忧，使盆花在短期内不会缺水。

第一，采用毛细管作用法。

可以将一个盛水容器放在比花盆略高处，用吸水性较强的棉织物，比如厚毛巾、粗棉布等，一头放在盛水的容器中，另一头放在花盆土上，如此这样就可利用湿毛巾的毛细管作用，使容器中的水徐徐浸润盆土，从而确保盆土湿润，以防盆花萎蔫脱水。

第二，采用滴灌法。

可用塑料瓶装满水，然后用针在瓶盖处刺几个小孔，把它倒埋入花盆中，小孔贴着泥土，水就会慢慢渗出，润湿土壤。但要注意的是，针孔不宜过大，以免漏水太快而使土壤过湿，为防止瓶中形成真空，可在瓶底刺几个小孔。

第三，采用罩塑料袋的方法。

先把植物浇透水，再用塑料袋把整个植株罩起来，将塑料带绑于盆上。有了塑料袋罩住，水汽就能保存在里面；若是在塑料袋上形成水滴，水滴又能重新滴回盆土中，塑料袋能将湿气保留达2~3个星期之久。要是离家不到10天，只要让塑料袋宽松地罩上植株即可。

第四，采用浇透法。

对于一些需水量不大而又较耐旱的花，如芦荟、仙人掌类，可在临行前浇一次透水，放在阴凉处。即使在夏季，1个月不浇水也不会对生长有太大影响。

第五，采用坐盆法。

对于耐湿性强的花卉，可把它们放在较大的盆中，在盆中放水，水位不可过深，这样水分就会通过土壤的毛吸作用不断地被运输到花盆的中上部。但这种方法不可用于耐旱花卉及阳性花卉。

第六，采用吸水法。

在花盆的外围放上大大小小的水盆，将纱布条一头埋入盆土内，一头放在水盆里。通过纱布，水分渗透到盆土内，使土壤不断得到水分。喜水的花卉用较宽的纱布与水盆相连；喜水少、耐旱的花卉用窄的纱布条。除此之外，喜水多的，水盆垫高一些，水流就更快；耐旱的，水盆放低一些，往上渗透就少。

／ 为你支招：罩了塑料袋的花盆不可放在有直射阳光的地方，叶片不要与塑料布接触。套塑料袋时，可先在盆边的泥土上插上3~4根细棍，插上的细棍高度要高于植株的高度。／

❋7 家庭养花如何施肥

在花卉的家庭栽培管理过程中，施肥是很重要的环节，要想令自己培养的花卉枝繁叶茂、花色艳丽、硕果累累，就需要掌握科学的施肥方法。

第一，要适时施肥。

适时施肥就是在花需要肥料时施用。发现花叶颜色变浅或发黄；植株生长细弱时为施肥最适时期。另外，花苗发叶、枝条展叶时要追肥，以更好地满足苗木快速生长对肥料的需求。

花的不同生长时期对肥料的需求也不同，施肥种类和施肥量也有所差别。比如:苗期多施氮肥可促苗生长,而花蕾期施磷肥可促进花大而鲜艳、花期长。

第二,适量施肥。

盆栽花卉施肥应做到"少吃多餐",即施肥次数多,每次施肥量要少。一般每 7～10 天施 1 次稀薄肥水。随着花卉逐渐长大,施肥浓度也需逐渐加大。比如:尿素浓度可由前期的 0.2% 逐步加大到 1%,磷、钾肥可由 1% 加大到 3%～4%。

第三,依季节掌握施肥。

春夏季节花卉生长快,长势旺,需适量多施肥。在入秋后气温逐渐降低,花卉长势减弱,应少施肥。8 月下旬至 9 月上旬应停止施肥,以防止发生第二个生长高峰,否则易使花卉组织细胞过嫩而导致越冬困难。另外,需注意越冬花卉在冬季处于休眠状态要停止施肥。

第四,根据花卉长势施肥。

不同的花卉需要不同的土壤环境条件,在环境条件差异较大时,花卉不适应,长势就弱。施肥需根据花卉长势来确定施用量,同样的品种,生长健壮的植株可依照肥料使用说明施足肥;生长弱的植株,则应酌情减少施用量,随后逐步增加到正常施用量。生长势弱的植株对肥料的吸收承受能力弱,若用量过猛,其结果会适得其反。

第五,施肥应掌握温度。

盆栽花卉在高温的中午前后或雨天不宜施肥,此时施肥很容易伤根,最好是在傍晚施肥。秋后、冬季由于气温低,花卉生长缓慢,一般不施肥;夏季气温高,花卉生长旺盛,则应多施肥。气温高时追肥浓度要低,用量要少,可用稀薄肥水,多追几次。

第五,药肥混施。

在施肥时如发现有病虫害,可在肥料液体中加入适量药剂,能起到施肥防病虫的双重作用。

／为你支招:合理施肥要遵循营养元素平衡和有机肥与无机肥相结合的原则,根据花卉的种类和生长状况灵活施用。中午前后温度高时不宜施肥,更不可施浓肥,换盆或移植花卉时需施底肥。／

❋ 8 家庭养花如何选配土壤 ❋

盆栽花卉,由于它的根系只能在一个很小的土壤范围内活动,因此对土壤的要求比露地花卉更为严格,其具体要求如下:要求养分尽量全面,即在有限的盆土里含有花卉生育所需要的营养物质。还要求有良好的理化性状,即结构要疏松,有较强的持水能力,酸碱度要合适,保肥性要好。那么家庭养花时,需要什么样的土壤条件呢?

养花时应尽量选择有良好的团粒结构,疏松且又肥沃,保水排水性能良好,还含有丰富腐殖质的中性或微酸性土壤。因为这种土壤重量轻、孔隙大、空气流通、营养丰富,可利于花卉根系发育和植株健壮生长。

要是把花卉栽种在通气透水性差的黏重土里,或栽在缺少营养,保水保肥性又差的纯沙土里,或是栽在碱性土壤里,对于绝大多数花卉来说,都容易引起生长衰弱,甚至死亡。

但是上面谈到的土壤条件,是任何一种天然土壤所不具备的。因此,盆花用土,需要选用人工配制的培养土。这种培养土是依据花卉植物不同的生长习性,将两种以上的土壤或其他基质材料,按一比例混合而成,以满足不同花卉生长的需求。

腐叶土是培养盆花常用的材料。有条件的地方。可到山间林下直接挖取经多年风化而成的腐叶土;没有条件也可自制腐叶土,其方法是:

秋天收集阔叶或针叶树的落叶、杂草等物,堆入长方形坑内。在堆制时先放一层树叶,再放一层园土,这样反复堆放数层后,再浇灌少量污水,最后在顶部盖上一层约10厘米厚的园土等物。等来年暮春和盛夏各打开一次,翻动并同时捣碎堆积物,再按原样堆好。气候温暖地区,到了深秋季节这些堆积物大都能腐熟。这时即可挖出,进一步捣碎过筛后使用。

为你支招:在堆制时应注意两点:不要压得太紧,以利空气透入,为好气性细菌活动创造条件,进而加速堆积物分解;不要使堆积物过湿。若如果过湿,则通气不好,在缺氧条件下,嫌气性细菌大量繁殖和活动,会造成养分严重散失,从而影响腐叶土质量。

❀ 9 自己动手做花肥 ❀

家庭养花,不必花钱去购买肥料,日常生活中到处可以收集到适合作花肥的废弃物,只要稍加调制即可用来给盆花施肥,比购买的化肥、片肥的肥分还全面,肥效更长久,经济实惠。

一、利用中药渣做花肥。

中药煎煮后的剩渣,是一种很好的养花肥料。因为中药大多是植物的根、茎、叶、花、实、皮,以及禽兽的肢体、脏器、外壳,还含有丰富的有机物和无机物质。植物生长所需的氮、磷、钾类肥料,在中药里都具备。用中药渣当肥料,对花卉种植有很多益处,而且可以改善土壤的通透性。欲将中药渣当花肥,须先将中药渣装入缸、钵等容器内,拌进园田土,再掺些水,沤上一段时间,待药渣腐烂,变成腐殖质后方可使用。当然,药渣肥不宜放得太多,一般掺入比不要超过十分之一,多了反而影响花花草草的生长。

二、利用变质的葡萄糖做花肥。

将变质葡萄糖少许捣碎与清水按 1∶100 混合,用它浇灌花卉,能促使花卉黄叶变绿,长势茂盛。适用于吊兰、虎刺梅、万年青、龟背竹等。

三、豆腐渣也可以做花肥。

豆渣是上乘肥料,无碱性,虽是磨浆取汁后的残渣,但仍含有相当一部分蛋白质、多种维生素和碳水化合物等,经过人工处理,最适宜花苗生长。自制豆渣肥的方法是把豆渣装入缸内,加入 10 倍清水发酵后(夏季约 10 天,春秋季约 20 天)。再加入 10 倍的清水混合均匀,用以浇灌各种盆花,效果确实不错。尤其是用来浇灌昙花、令箭荷花、蟹爪兰、霸王鞭、仙人掌、仙人球等仙人掌类花卉,效果更佳。

四、利用麻渣做花肥。

制麻酱后的残渣,因无碱性,最宜做白兰花、兰花、茉莉花等的肥料。用麻渣追肥,三五天就能见效,但用量不宜过多。

五、鸡毛鸡粪都可以做花肥。

可用做盆栽草本花卉的基肥,施肥 1 周可见肥效,肥力可保持 2～3 个月,最长能保持 4 个月以上。也可用鸡毛泡水追肥,肥效也能保持 3 个月以上。鸡粪中含较多的微量元素与 B 族维生素,用作基肥,全年肥力不衰,作追肥,有效期长达 2～3 个月。施用鸡粪的花卉,生长旺盛,花形大,花期长。

六、利用蓖麻籽做花肥。

将新鲜的蓖麻籽捣碎埋入盆土内,任花卉自然吸收,每半年施用 1 次,可不必再施其他肥料。此肥用量少,有效期长,清洁卫生,对月季、茉莉、米兰等花卉都可施用,也可作为基肥。

七、啤酒也可以做花肥。

啤酒养花所以会有良好效果是因为啤酒含有大量的二氧化碳,而二氧化碳又是各种植物及花卉进行新陈代谢不可缺少的物质,而且啤酒中含有糖、蛋白质、氨基酸和磷酸盐等营养物质,有益花卉生长。

1.喷洒叶片。用水和啤酒按 1∶10 的比例均匀混合后,喷洒叶片,同样能收到根外施肥的效果。

2.浇花。用适量的啤酒浇花,可使花卉生长旺盛,叶绿花艳,不仅能够使花卉得到充足的养分,而且养分吸收得特别快。具体方法是用啤酒和水按 1∶50 的比例均匀混合后即可使用。

3.用啤酒擦拭叶片。观叶类花卉可用脱脂棉或洁净的软布蘸啤酒,轻轻地擦拭叶片。由于叶片能直接吸收营养物质,因此花卉的叶片更加翠绿,并富有光泽,同时叶片的质感也显得肥厚。

／ 为你支招:在家庭自制肥料发酵过程中,经常会散发一股难闻的臭味,且经久不散,既影响阳台和居室的环境卫生,又使人感觉不适。可以采用一种简便易行的方法,防除沤肥过程中产生的臭味。将几片橘子皮放入肥液中,由于橘子皮里含有大量芳香成分,可除去液肥中的臭味,不论干湿橘子皮均可,如时间长了,可再放一些。橘子皮发酵后,也是一种很好的肥料。／

❋ 10 怎样改变土壤的酸碱度 ❋

各种花卉都有它合适的土壤酸碱度,若高于或低于它需要的界限时,花卉就不能吸收它所需要的养分,形成营养缺乏症,严重的甚至会导致死亡。碱性土是指土壤中含有较高的钙离子和镁离子,氢离子少;酸性土壤是指土壤中含有较高的氢离子和铁离子,而钙离子和镁离子少。

当土壤呈碱性反应时,这些花便枯黄落叶,甚至死亡。土壤在碱性条件下,植物因生理缺铁而产生"黄化病"。应及时喷施强浓度的硫酸亚铁,必要时应更换盆土,而仙人掌和南天竹等植物,则喜欢碱性质土。因此,盆土中应常加入些石灰或稻糠灰等。八仙花在碱性土壤中,花呈蓝色,而在酸性土壤中则呈红色。还有一些则适应性较强,如菊花、石竹、月季、玫瑰、梅花等,在微酸到微碱的土壤中,都可以正常生长。

同一种类植物的不同品种和类型,对土壤酸碱度的要求也不相同。如仙人掌类植物中陆生形的仙人掌、仙人球等,要求排水通气的石灰质碱性土壤,而其附生类型如昙花、令箭荷花等,则要求荫蔽潮湿、排水保水性强的中性或微酸性土壤。

为了科学界定土壤的酸碱性,国际上统一采用土壤中氢离子含量的指数(pH)来表示土壤的酸碱度。当 pH 值 =7 时为中性土,pH 值 >7 时为碱性土,而 pH 值 <7 时则为酸性土。通常,当土壤 pH 值 >8.5 或 pH 值 <5 时,都不宜作为花卉栽培的土壤。有时候土壤的酸碱度不适合种花卉,这就需要我们改变土壤酸碱度,具体如下:

一、降低土壤酸度的方法。

在花卉栽培中,为了满足中性和碱性花卉对土壤的要求,常采取施用石灰的办法。石灰,一般分为三种,即生石灰、熟石灰和石灰石。生石灰和熟石灰宜用于黏土,石灰石宜用于沙土。施用量可根据需要而定,一般每立方米土加生石灰 0.25～0.5 千克即可。家庭养花,改良土壤数量少,也可用添加石灰石小块或石灰墙屑改良。

二、降低土壤碱度的方法。

我国北方的土壤,多数呈中性或碱性。为了满足酸性花卉对土壤的需要,必须对土壤进行改良。现将适合家庭养花用的几种方法简介如下：

1.每立方米培养土，加硫酸铝（白矾）0.5～0.75千克，可使中性土变为弱酸性土。盆栽花卉也可定期浇灌1：50的白矾水溶液。

2.每立方米培养土，加硫黄粉0.5～1千克，可使碱性土变为中性或弱酸性。硫黄粉见效慢，但持续时间较长。使用量少时，口径30厘米的花盆，加1羹匙硫黄粉即可。

3.用1：200的硫酸亚铁（黑矾）水溶液浇花，每7～10天1次，冬季可15～20天1次。黑矾见效快，并且其中所含亚铁离子有促进叶绿素形成的作用，浇后可使花卉枝叶浓绿。家庭如养有柑橘、茉莉、米兰、杜鹃、山茶等酸性花卉，可购买0.5～1千克黑矾。使用方法：除配制水溶液外，也可10天左右，每盆花加黑矾一小撮，浇水0.5～1千克。

／为你支招：在家庭养花中，可用pH试纸，测定土壤的酸碱度。方法是：把土壤加水稀释，震荡片刻，待土粒沉淀后，用试纸蘸一下，取出，试纸原为橘黄色，变蓝则为碱性土，变红则为酸性土，并可从试纸附带的色谱中，查出土壤具体的酸碱度。／

11 如何给土壤消毒

土壤消毒就是采用一定的技术措施，把土壤中影响花卉健康生长的不利因素消除掉。它主要包括三个方面：一是杀灭土壤中积聚的有害生物，包括线虫、病菌、病毒等；二是消除有一定毒害的根系分泌物；三是清除因大量施用化肥，其酸根离子逐年积累造成的土壤次生盐渍化，进而创造一个适宜花卉良好生长的环境条件。那么，究竟该如何给土壤消毒呢？

一、蒸气消毒法。

把营养土放入蒸笼内，加热到 60~100℃，持续 30~60 分钟。要注意的是，加热时间不宜太长，以免杀死能分解肥料的有益微生物，影响花卉的正常生长发育。

二、火烧消毒法。

保护地苗床或盆插、盆播用的少量土壤，可放入铁锅或铁板上加火烧灼，待土粒变干后再烧 0.5~2 小时，可将土中的病虫彻底消灭干净。此法的好处还在于可将土壤中的有机物烧成灰分，使扦插或播种基质更加纯洁，从而防止幼苗或插条发霉腐烂。

三、日光消毒。

将配制好的培养土放在清洁的混凝土地面上、木板上，薄薄平摊，暴晒 3~15 天，即可杀死大量病菌孢子、菌丝和害虫、线虫以及虫卵。

四、水煮消毒。

把培养土倒入锅内，加水煮沸 30~60 分钟，然后滤干水分，晾干到适中湿度即可。

五、药剂处理。

可以使用不同的药剂，对土壤进行熏蒸处理，即把土壤过筛后，一层土壤喷洒化学药剂，再加一层土壤，然后再喷洒 1 次药剂，然后用塑料薄膜覆盖，密封 7 天，敞开换气 3~5 天即可使用。常用的药剂有多菌灵、硫黄粉、甲醛、代森锌等。

/ 为你支招:土壤是病虫害传播的主要媒介，也是病虫害繁殖的主要场所，许多病菌、虫卵和害虫都能在土壤中生存或越冬。所以，在种植花草前，做好土壤的消毒工作非常重要。给土壤消毒的方法有很多，如果你是一个忙人，

又想养好花,不妨就选用日光消毒法,这是非常简单的方法,但是这种消毒方法不会太彻底。／

❋ 12 家庭如何进行无土栽培 ❋

无土栽培比较灵活,一般场地只要有空气和水、光照、温度等条件,便可采用此法栽培花卉。

家庭无土栽培,可使用塑料盆、素烧盆等普通盆进行栽培。用无土栽培的花卉,平时的养护管理工作和土培法基本相同,也需要根据种花卉的习性,给予适合其生长发育的光照、温度、湿度等环境条件。下面就看看无土栽培的具体方法:

第一,栽植时先将各种基质按1∶1比例混合或者单独装入塑料盆内,再将长出3～5片叶子的幼苗栽植在盆中央。

在栽前先把带土的根系放在清水中,轻轻地把根泥洗净,再将根部放入比正常浓度营养液稀5～10倍的溶液中浸泡约10分钟,令其充分吸收养分。

第二,等栽好后,在上面再盖一层石英沙或小石子,使植株固定,并立即从容器四周浇入0.5倍的营养液,直到盆底排水孔有营养液流出即可。以后每隔1～3天浇1次水,7～10天浇1次稀营养液,等植株恢复正常生长后再浇正常浓度的营养液。

第三,浇营养液的次数及多少,需要根拒花卉种类、植株大小、不同生育阶段、季节以及放置地点等而定。一般室内盆花生长期间大苗大约每7～15天浇1次营养液,小苗大约每15～20天浇1次;而花卉休眠期约每个月浇1次水即可。

每次浇营养液的数量,一般而言,花盆内径为20厘米左右的阳性花卉,每次大约浇 100 毫升,而阴性花卉用量应酌减。

为了避免营养液流失,最好选用不漏水的容器。较适合家庭使用的容器有两部分组成,下面是一个装有基质的花盆(底部多孔),将花苗载入其中;上面为一个不漏水的装营养液的容器。使用这种容器栽植时,植株根系伸入营养液前,要适当浇些水,大约每 5～7 天浇少量稀营养液,等根系伸入营养液后即转入正常管理。

/ 为你支招:对于初学者来说,浇营养液时要注意适量,宁可少些,也不可过多。若使用过多,常易造成焦叶等危害。无土养花,除需注意掌握浇营养液的时间和用量外,还应根据不同种类花卉对水分的需要量及时浇水,以保持基质经常湿润,才能使花卉健壮生长。/

☀ *13 水培花卉有什么好处* ☀

水培花卉以款式多样、晶莹剔透的玻璃花瓶为容器载体,使人们不仅可以欣赏以往花的地面部分的正常生长,还能通过瓶体看到植物世界独具观赏价值的根系生长过程。并且还可以在透明的花瓶内养上几条小鱼,形成水中根系错综盘杂,鱼儿悠闲游畅的独特韵味,这样的景观美不胜收。

水培花卉与传统的土培花卉相比不仅具有清洁高雅、净化空气、容易养护、生命力强等独到特点,还集赏花、观根、养鱼于一体,令人赏心悦目。水培花卉有以下优点:

一、管理简单。

水培花卉日常管理十分简单,在春夏季植物生长的旺盛期每 7～10 天换 1 次营养液,在秋冬季每 15～20 天换 1 次营养液外,不需要格外的护理,省却了施肥、换土、每日淋水的麻烦，特别适合现代社会人们的快节奏生活方式。

二、干净、时尚。

由于水培花卉完全脱离了泥土的栽培环境，生长在相对无菌或少菌的营养液环境，所以不会像土培花卉那样因泥土里寄生的害虫、病菌而污染环境，令家居环境更安全，更洁净。

而且，我们可以用更多更美的花瓶、器皿、材质来种植，不但可以欣赏花、叶，还能欣赏到平时不常看到的根系生长的过程和它们千姿百态的美。

三、品种众多。

得益于植物根系防腐和营养的技术解决，任何人都可以种出生长旺盛、郁郁葱葱的水培花卉。平日常见的阴生、半阴生花卉，基本上都能进行水培栽植，目前试验品种已达到将近四百多种。

四、绿色环保，花鱼同养。

营养液不含有毒成分，因此可以长期鱼花共养而不会产生任何不利于花或鱼的副作用。同时，因含特殊成分，营养液中不易滋生蚊虫。

/为你支招：水培花卉大都是适合于室内栽培的阴性和中性花卉，对光线有各自的要求。阴性花卉如兰科、蕨类、天南星科植物，应适度遮阴；中型花卉如鹅掌柴，一品红、龟背竹等对光照强度要求不严，通常喜欢阳光充足，在遮阴下也能正常生长。/

14 夏季水培花卉如何养护

第一，夏季最好将水培花卉放置在自然光线明亮，湿度稍高，较凉爽，有良好通风的环境。切忌阳光直射，但也不能过于荫蔽，以免花卉光合作用受阻,长势衰弱,茎节伸长,叶质变薄。造成有色块、彩纹的花卉叶片失去光泽。

第二,随着气温不断升高,水温也会上升,微生物繁殖加快,溶解氧降低,水质劣化。若不恰当地添加营养液,会使营养液浓度过高,可能造成水培花卉根系腐烂。所以盛夏时应降低营养液浓度,营养水与清水间隔使用,宜勤换水,可2~3天换1次水。

第三,在夏季,气温高,器皿透明度好,环境明亮,或者是更换营养液的时间过长,都有可能引发藻类大量孳生。藻类与花卉夺氧,分泌物污染溶液,使营养液品质下降。附着在花卉根系上的藻类妨碍根的呼吸,从而干扰花卉的正常生理活动,危害较大。营养液一旦孳生藻类,就要果断地倒掉被污染溶液,彻底清洗器皿,刷除附着在花卉根系上的藻类,更换新的营养液。

第四,玻璃器皿中水位会随着花卉根系的大量吸收或水分快速蒸发而下降,气温高时会更明显一些,这时需要及时补充恢复原水位,补充水应为不含营养液的清水。

第五,盛夏水温升高,如果不能按时换水,部分品种花卉可能出现部分根系腐烂现象。出现此现象时,应及时将腐根清理冲洗干净,换水时可不加营养液,宜勤换水,2~3天换1次水。新根开始生长1周后,按前述换水要求,来低浓度营养液莳养。

第六,圆形玻璃器皿有较强的聚光作用,如果长时间强烈阳光直射,器皿中营养液温会升高许多,液温太高时就会严重影响花卉根系及鱼的生存。所以夏季应避免强阳光直射。当然这不包括春、秋、冬三季,春、秋、冬三季早晚温和阳光照射对植物和鱼的生长有利,并且绝大多数土培室内花卉也是如此。

第七,夏季炎热,空气干燥,特别是长时间开空调的房间里空气湿度更低。需要经常给植物叶面喷水,以提高小环境的空气湿度,如此更有利于植物的生长。

／为你支招:该如何辨别水培花卉的真假呢？首先,辨别真假水培花卉,主要是看它的根系。经诱导的水培花卉,常常以须状不定根的方式生存,不会如土壤中的根系一样,有主根、侧根、毛细根、根毛之分。也就是说,真正的水培花卉,经过诱导长出的水生根基本上是不会分叉的。／

首先,可以从根系的色泽上辨别真假水培花卉。经过诱导形成的植物水生根大多数洁白脆嫩,即使是那些根系颜色较暗的木本植物,其水生根也会比陆生根色泽明显偏淡,呈淡黄色、黄白色、淡褐色等。

其次,从玻璃器皿里面水的清澈程度也能辨别出真假水培花卉。真正的水培花卉,其经过诱导长出的水生根适宜在水中生长,2 个月换 1 次水,仍然能保证容器里的水清澈见底。而那些假冒的水培花卉,因根系未能形成水的适应性,在厌氧环境下,会因无氧呼吸而排出大量的有毒中间代谢产物,从而使容器中的水很快变质,这样的所谓"水培花卉",只要隔几天不更换水,容器里的水就会变浑变臭。

❀ 15 庭院花卉如何养护 ❀

在庭院内养花,不仅可以减少空气污染和噪声危害,还能增强人体健康,增添生活乐趣。但是,很多家庭的院落非常小,有的甚至只有一二平方米。要在面积有限的小院落里种植好花卉,需采取一些措施加以弥补。

通常,小庭院的特点是:地方小,光照少,通风差,湿度大。这些条件对于许多花卉的生长都是不利的,且容易使花卉产生病虫害。克服这些不利条件的重要办法,就是改地栽为盆栽,架设台阶提高位置。台阶应设在院内光照时间最长的地方,台阶最底层离地 30 厘米以上,前后层高度相差 20~30 厘米。台阶或用砖砌,或架木板,或架水泥板均可。下面就给爱花的人们讲讲如何在庭院里养好花卉。

一、根据面积选择花卉品种。

如果庭院面积比较小,可以种养一些紫藤、牵牛花、爬山虎摆设花盆,可充分利用墙壁匾篓等,也可将小厨房改为平顶,顶上摆设些花盆,也是不错的选择。

二、遮阴。

对一些喜阴的观叶植物种类,如竹芋类、绿宝石、合果芋、波士顿蕨、椒草类、黛粉叶、龟背竹等,在正午前后需采取相应的遮光措施。

三、控制浇水。

浇水应掌握"不干不浇"的原则,浇水量要少些,在雨季和冬季,尤其要少浇水,"宁干勿湿",小庭院湿度大,通风性又较差,如不控制水分,很容易导致植株烂根黄叶,或产生霉病,导致死亡。所以,宜选择透水通气性好的疏松土壤作栽培用土,花盆大小与植株大小相符合,花盆过大容易造成泥湿而根不发。

四、施肥。

庭院花卉在施肥时,要针对季节和品种采取不同的措施。

1.对秋凉后恢复生长的夏眠花卉,要及时施肥,以低浓度的速效液态肥为好,对冬季或早春开花的瓜叶菊、比利时杜鹃、报春花、君子兰、仙客来、墨兰、水仙、山茶、梅花、腊梅等,应追施 0.2%磷酸二氢钾和 0.1%尿素的混合液。

2.对观果类盆栽,如柠檬、金橘、天竺、冬珊瑚、富贵籽等,10 月上中旬可少量追施磷钾肥。对多数观叶植物,在 10 月中旬后,要停施氮肥,适当追施些低浓度的钾肥,以抵御严寒。

五、修剪。

对多数冬天须移入室内的盆景、盆花,在 10 月中下旬,应将枯枝败叶、病虫枝、瘦弱枝等剪去;对徒长枝,要进行缩剪;对已造型 1～2 年的绑扎物,可先解去,或在解开后再重新绑扎,以免因长时间在固定位置上勒捆,造成枝叶枯死。

/ 为你支招:庭院栽培品种应以较为耐阴和抗逆力较强的品种为主,如藤本花卉中的金银花、凌霄等,木本花卉中的米兰、含笑、腊梅、金橘、杜鹃、天竹、山茶、虎刺等;草本花卉中的文竹、石竹、玉簪、兰花、吊兰等;盆架下的地面可种垂盆草、秋海棠、虎耳草等。如果庭院光照充足,每天太阳照射时间可达到 4～5 小时,也可以考虑种月季和仙人球。/

❋ 16 如何对盆栽花卉进行换盆 ❋

换盆俗称"翻盆",也就是将盆栽的植物换至另一盆中栽培。换盆是种好盆栽花卉的重要措施之一,可很多花卉爱好者往往忽视这一点,认为换盆没有必要,只要加强施肥即可,其实并不是这样的。要养好花,在花卉上盆时就要注意掌握好几个要点:

第一,根据花卉植株大小选择相应口径的花盆。

有的人喜欢用大盆养小花,认为小花栽到大盆里,可以让其自由自在地生长,而且避免了换盆的麻烦。实际上这样做对花卉生长非常不利。花小,需要的肥水少,而盆大土多往往不易掌握水肥量,反而影响了花卉正常生长。

第二,根据花卉的生长情况适时地换盆。

花卉长大,根须发达,原种植的花盆已无法适应花卉生长发育的需要,必须换入较大的盆中。花卉生长过程中,其根系不断吸取土壤中的养分,加之经常浇水、下雨,盆土中的有机肥料逐渐渗漏减少,从而导致盆土板结,渗透性变坏,也就是盆土营养缺乏,土壤物理性状变劣,已不利于花卉继续生长发育,需要更换培养土。花本根部患病,或是有虫害,或盆土中发现蚯蚓,需立即移植换盆。

第三,使用新盆前应去碱。

新盆在栽花前先放在清水中浸一昼夜,刷洗、晾干后再使用,以去其燥性。使用旧盆前应先杀菌、消毒,以防止带有病菌、虫卵。具体方法如下:旧盆换下后,放在阳光下暴晒杀菌,重新使用前还应内外刷洗干净,清除可能存在的虫卵,必要时还应喷洒药剂消毒。

第四,增加排水、通气能力。

在花卉上盆前,先将花盆底部的排水孔用一块碎盆片盖上一半,再用另一块碎盆片斜搭在前一片的上部,呈"人"字形,使排水孔达到"盖而不堵,挡而不死",遇到下雨或浇水过多,多余的水就能从碎盆片缝隙中流出去,避免了盆内积水影响花卉生长的问题。

对于君子兰及肉质根的兰花、郁金香等名贵花卉,盆底应多垫些碎盆片或煤渣、碎瓦片以增加排水、通气能力。在碎盆片上面铺上一层粗粒沙,粗粒沙上再铺一层培养土,既有利于排水通气,而且为花卉根系提供了自由伸展的空间,使花卉能够良性生长。

第五,移栽时注意与土壤充分结合。

换盆时,将花卉植株放入盆中央,扶正后四周慢慢加入培养土,加到一半时用手指轻轻按压实,使植株与土充分结合。对不带土坨的花卉,当加到一半土时可将苗轻轻向上悬提一下,然后一边加土一边把土轻轻压紧,直到距盆沿约 2~3 厘米。但种植兰花类,加土可以至盆口,有利于兰花生长。

同时将近盆边的老根、枯根、卷曲根及生长不良的根用剪刀做适当修剪。

第六,花卉种好后,浇一次透水。

换盆后,水要浇足,使花卉的根与土壤密接,以后则不宜过多浇水,因为换盆后多数根系已受伤,吸水量明显减少,尤其是根部修剪过的植株,浇水过多时,容易使根部伤处腐烂;新根长出后,可以逐渐增加浇水量。但是,初换盆时也不可用干燥土壤,否则容易在换盆后枯死。换盆后,为了减少叶面蒸发,可将盆先置于阴处数日,以后逐渐见光,适应后再放置于光线充足处。

/ 为你支招:盆花,一定要选择好换盆时机,因为花卉对于新的环境也有适应的过程。如果原来的花盆够大,就尽量不要更换。多数情况最好在春天进行换盆,因为这更有利于花卉的适应。/

❋ 17 扦插方法知多少 ❋

扦插的方法因扦插的材料不同,又可分为芽插、叶插、枝插和根插。

一、芽插。

插穗为一芽一叶。在饱满的腋芽尚未萌动时,从叶的基部带一个腋芽,剪下插入基质中。一般带上长约 2 厘米的枝条,插穗长度一般在 10 厘米以下。扦插时将插穗芽朝上插入基质中,芽和叶都要露出土面。插后要特别注意喷水、遮阴、防风,以免插穗失水,影响成活。此法适用于繁殖材料少或难以产生不定芽的花木,如印度橡皮树、桂花、山茶、八仙花等。

二、叶插。

叶插利用叶脉处人为造成的伤口部分产生愈伤组织,然后萌发出的不定根或不定芽,从而形成一棵新的植株。

1.平置法。取一枚成熟叶片,把叶柄剪掉,先将叶片背面的各段主脉用刀片割伤,然后把它平铺在沙面上,再用小石块压在叶面上,使主脉和沙面密切贴合,同时保持湿度,经1个月左右,根自切口处萌发而出,新叶亦由该处抽出而老叶则逐渐枯萎。

2.叶柄插法。可取带叶柄的叶片插于素沙中,并保持适当湿度,此法发根快,新株由叶柄处长出,用此法长出的幼苗比平置法健壮。

3.直插法。将叶片切成小段,每段5厘米左右,然后浅浅地插入素沙土中,经一段时间,基部伤口即发生须根,并长出地下根状茎,由根状茎的顶芽长出一棵新的植株。

4.鳞片插法。将鳞茎挖出,干燥数日,剥下鳞片,逐个插入沙床中,经40~60天,在鳞片基部即可产生小球茎。

三、枝插。

1.嫩枝扦插。又名软枝扦插。是指在生长期间选用半木质化枝条作插穗进行扦插的枝插方法。因嫩枝比完全木质化的枝条再生能力强,故应用较为广泛。具体方法是:选取当年生长发育充实的枝条,5~10厘米长一段作插穗,每段保持2~3个芽,顶部留2~3片叶片,去除其余叶片,枝条成熟度以适中为宜。下部应紧靠节部剪切,因为节部易生根。插入基质深度约为插穗的1/3。插后浇透水并罩上塑料薄膜保湿即可。

2.硬枝扦插。此法宜在休眠期进行。选取落叶花木的一年生休眠枝条,剪成15厘米长作插穗,扦插深度约为全长的2/3,基部切口宜带少许老枝,以利促进主根。我国北方地区常将插穗剪好后埋入湿沙中越冬,翌春再插入基质中。

四、根插。

此法适用于能从根部产生不定芽的花卉，通常分为平插法和直插法两种。平插法是将较细的根剪成 3～5 厘米长的小段，撒播于苗床，覆土 1 厘米左右，保持湿润，待其产生不定芽后便可移植。直插法是将较粗而又较直的根，剪成 5～10 厘米长的小段，垂直或斜插于基质中，上端稍露出土面，注意保持湿润，待其成活后便可移植。

/ 为你支招:扦插基质的含水量应达 50%左右。扦插初期基质含水量应多些,有助于愈伤组织的形成。半月左右,当愈伤组织形成后,浇水量应逐渐减少,以利发根。这时如水分过多,不利生根,甚至造成腐烂。扦插苗要求较大的空气湿度,一般相对湿度 90%以上为宜。为达此目的,需对插床加罩保湿(仙人掌类除外)。/

✿18 提高扦插成活率✿

花卉的扦插育苗方法简单、迅速、价廉，还可缩短育苗时间，为了提高花木扦插成活率，我们可以采用以下方法：

一、插床。

插床应选在通风背阴、地势平坦、排灌良好的地块。选用疏松、透气、透水的基质(水插除外)，如蛭石、珍珠岩、炉渣、泥炭土以及河沙、新鲜锯末或稻壳、疏松的田园土等。若用泥炭土∶珍珠岩∶河沙为 1∶1∶1 的营养土或上层蛭石、下层塘泥的配方土，效果更好。基质中不能含有病虫、病苗和未腐熟的有机质。

二、插穗。

选择壮龄苗木上的一年生枝条，要求生长健壮，以体内营养丰富，围枝条为好。最好在清晨剪取扦插枝,因为这时枝条含水量多,扦插后伤口容易愈合,成活率高。插穗一般长 10～15 厘米,顶端留一两片叶,剪口要求平滑,否则不仅不利于愈合,还会导致腐烂,造成扦插失败。

三、温度。

一般植物的扦插以保持 20～25℃ 生根最快。若温度过低生根会慢,过高则容易引起插穗切口腐烂。因此,如果人为控制温度的条件,一年四季均可扦插。自然条件下,是以春秋两季温度为宜。

四、湿度。

在扦插后要切实注意使扦插基质保持湿润状态,不过也不可使之过湿,否则容易引起腐烂。同时,还需要注意空气的湿度,可用覆盖塑料薄膜的方法保持湿度,然而要注意在一定时间内通气。

五、促进生根。

促进生根的方法很多,除保持土壤温度外还可用人为处理来达到快速生根的目的,生产上常用的方法有:

1. 粉剂法。将生根剂调制成粉剂,用酒精溶解后,用滑石粉与之混合配成 $500～2000×10^6$ 的糊状物,然后烘干研成粉末备用。使用时先将插穗基部用清水浸湿,然后蘸粉进行扦插。

2. 水剂法。首先将粉状生根剂溶解于少量的 50% 酒精中,然后用水稀释。易生根的品种,浸于 $50×10^6$ 溶液中,难生根的品种,药液浓度提高到 $300×10^6$ 左右。浸泡插条的时间长短与药液的浓度成反比,在 $50×10^6$ 的溶液中浸 20 小时较为适宜,如在 $200～500×10^6$ 药液中,浸泡 10～15 小时。另外也可用高浓度快蘸法,一般用 $500～2000×10^6$ 溶液,将插穗在溶液中快浸一下,约 5 秒钟即可。

3. 加温法。春插生根最适温度条件是插壤温度高于气温,为制造先生根后发芽的小环境,利用铺地膜、塑料棚、电温床等热源增温,人为地提高插条下端生根部位温度,同时降低上端芽体所处环境的温度,有促发生根作用。

4.火烤法。对无花果、一品红、橡皮树等插条含有乳汁的植物,剪下的枝条基部用旺火烤一下,经高温短暂处理后,把乳汁封住,再扦插,有利于生根。花卉的扦插繁殖,操作简单、成苗快,是花卉繁殖中应用最广泛的一种方法。

为你支招:扦插苗生根的温度与其生长发育要求的温度大体一致或稍高,多数花卉的嫩枝扦插需要 20～25℃,热带植物生根要求 25～30℃以上,耐寒花木稍低。华北地区在家养条件下,多数花卉宜在春夏扦插。秋插生根后,冬季将临,不利小苗生长。

❋ 19 学会识别花卉害虫 ❋

正确地识别虫害,才能对症下药,使花卉不再受虫害的侵扰,识别虫害主要从几个方面来判断:

第一,检查虫粪。

放置花木地面周围和枝上查其可有虫粪。对钻入枝干的害虫,可检查排粪孔是否有粪便和木屑散落地面。天牛排出虫粪和木屑多为丝状;木蠹蛾则为粒状并黏连成串。

第二,查排泄物与分泌物。

可在花木的枝叶等部分检查有无油污, 发现这些物质一般是能分泌蜜露、蜡质等害虫产生的,主要是蚜虫类、蚧虫类、粉虱类刺吸口器害虫。

第三,检查虫卵。

大的卵粒、卵块肉眼可见。微小的卵可持放大镜查之。一般卵产在枝条、叶片、芽腋等处,如红蜘蛛卵多在叶背匿藏;天幕毛虫卵在枝条上;蚜虫卵在芽腋处,蝗虫卵在土壤中。由于各种害虫生活习性不同,产卵部位各异,在其产卵场所寻找,以便进一步识别害虫种类危害。

第四,拍枝检查。

对一些惊扰能飞的害虫,拍动或晃动枝条叶片,可发现之。红蜘蛛等较小,肉眼难辨,可选花卉几处具代表性地方,放上白纸,然后拍动,使其抖落白纸上,即可得知红蜘蛛发生有无。

第五,检查被害状。

花木叶片、枝条有无被啃咬坏的地方,如孔洞、缺刻、筛网状等。或有卷缩的叶片,或在枝条上有异物生长,枯尖或死枝。

第六,查土壤内害虫。

可查土表有无异样。如蝼蛄土表行走,土表面有突出痕迹。一些金龟子成虫在花卉根茎表土下潜伏,拨开表土就可找到。

一旦确定了虫害,就要立即采取措施,如生物防治、栽培措施、土壤消毒。

一、生物防治。

利用天敌克制害虫。花卉害虫的天敌十分丰富。有瓢虫、草蛉、食蚜蝇、寄生蜂等。要充分加以保护、繁殖和利用、以消灭害虫。化学防治时尽量避免伤害天敌。以菌治虫是利用能使害虫致病的真菌、细菌、病毒或它们的代谢物来防治害虫。以螨治虫是利用捕食螨在温室中防治花卉上的红蜘蛛。

二、土壤消毒。

无论何种栽植土壤,都要了解其特性,尽量选用植物所需要的土壤,堆置培养土要充分发酵、要经常清洁田园、清除杂草、消除害虫的中间寄主和越冬越夏场所。

三、栽培措施。

利用栽培技术防治花卉病虫害是最经济、最基本的防治措施,应注意以下几方面:

1.合理浇水。土壤太湿,排水不良,是幼苗猝倒病的诱因和花卉根系腐烂的直接原因,及时排出盆土内的积水,对防治根部腐烂有显著效果。

2.科学施肥。科学施肥可调节花卉营养状况,增强抗病虫害能力。如盆栽月季使用合理配制的培养土,能减轻月季黑斑病的发生和危害。

3.焚烧枯枝败叶。结合对花木的整形修剪,彻底、及时地清除病落叶、病(虫)枝和病株,集中烧毁,防治效果非常不错。

/ 为你支招:还可以用物理机械防治。利用光、色诱杀,采用黑光灯可诱来具有趋光性的害虫;采用黄板粘胶可在花卉栽培地诱杀有翅蚜虫;采用热处理法在夏季曝晒盆土,消灭土壤内线虫。/

✿ 20 常见花卉的病虫害防治 ✿

花儿深受人们的喜爱,与人们的生活越来越密切,它不仅可以绿化、美化环境,而且可娱怡身心,丰富生活,陶冶性情。但因管理不当,常导致病虫害发生,影响花的观赏价值和经济价值。现介绍几种常见的病虫害防治方法。

一、菊花黑斑病。

此病主要危害叶片,病初叶面出现淡黄、紫褐色斑点,后期扩展为圆形或无规则的病斑,直径 5～10 毫米,中央灰褐色,周围黑褐色,病斑部位有大量小黑点。严重时,病斑成片,叶片干枯。一般可采取以下措施进行防治:

1.清除传播源。及时除去病叶、病株,集中深埋或烧毁,清除传播源。

2.加强栽培管理。地栽避免连作,盆栽要注意更换新土或对土壤进行消毒,合理浇水施肥,以提高抗病能力。

3.药剂防治。发病初期喷洒 70%甲基托布津 1000 倍液、80%敌菌丹可湿性粉剂 500 倍液。与其相类似的病害还有翠菊斑枯病、金鱼草叶枯病、芍药红斑病、杜鹃花褐斑病、栀子花叶斑病、鸡冠花褐斑病、百日草黑斑病、桂花叶枯病等。

二、菊花锈病。

菊花锈病有三种,即黑锈、褐锈、白锈,其中以白锈最为常见。下面以白锈为例加以介绍。此病主要危害叶片,初期为黄色斑点,后向叶背隆起,呈黄褐色,毛毡状,叶片正面病斑仍为黄色。严重时病斑成片,叶片卷曲。此病菌可潜伏于新芽中,随病苗传播,低温、潮湿时发病严重。预防此病可采取以下防治措施:

1.清除传播源。及时清除病叶、残株,集中烧毁或深埋。

2.药剂防治。发病早期用 15%粉锈宁可湿性粉剂 1000 倍液、20%粉锈宁乳油 2000 倍液、200 倍的波尔多液喷洒防治。

3.加强栽培管理。忌连作,注意通风,保持干燥。

三、瓜叶菊白粉病。

此病害主要危害叶片,也可感染花蕾、叶柄、嫩茎,初期为圆形或不规则形状的白色粉霉斑,后期渐渐扩展成片覆盖全叶,严重时叶片扭曲,生长不良。

该病是由白粉菌侵染造成的,病菌位于残体上越冬,借气流或雨水传播,气温 20~25℃、湿度较大时发病严重。栽培管理不当、植株生长衰弱时,也会加重病情。采取的防治方法有:

1.清除传播源。发现病株后,及时清除,摘除病叶,深埋或烧毁。

2.加强栽培管理。增施磷钾肥及微量元素,避免偏施氮肥;合理浇水,及时通风,使植株生长健壮。

3.药剂防治。发病初期喷洒 20%粉锈宁乳油 2000 倍液、70%甲基托布津 1000 倍液,10～15 天左右 1 次,连喷 2～3 次。与其相类似的病害还有金盏菊白粉病、大丽花白粉病、百日草白粉病、月季白粉病、凤仙花白粉、非洲菊白粉病等。

四、月季霜霉病。

霜霉病又称露菌病,危害中下部的叶片。病叶叶面有灰黄至淡紫色的不规则水渍状斑点,最后变为同样颜色的病斑,似药害状,湿度大时会在叶背看到白色霉层,病叶容易脱落。

该病菌为低等真菌,喜低温高湿。温度在 18℃左右、湿度 100%时发生最严重。防治措施主要有:

1.注意选用抗霜霉病的品种。抗病较强的品种有金欢喜、萨曼莎、婚礼粉、索尼亚、哈洛等。

2.适宜的温湿度对病害发生较为重要,预防此病虫害,要注意通风,保持干燥。

3．发病初期喷洒 20%瑞毒霉 2000 倍液、50%代森锌 600 倍液、1%波尔多液。与其相类似的病害有葡萄霜霉病、羽衣甘蓝霜霉病等。

五、月季根癌病。

病害主要发生在根茎交界处,有时发生在侧根,甚至枝干部位。染病部位会发生大小不等的肿瘤,初期肿瘤灰白色或略带肉色,表面光滑,质地柔软,最后会变为暗褐色,表面粗糙并龟裂,质地坚硬。

此病病原为一种细菌,在肿瘤皮层或随病残体在土壤中存活,由雨水及灌溉水传播,带菌苗木也可传播,多由伤口感染。土壤偏碱性、排水不良的黏重土壤发病较为严重。具体的防治措施有:

1.科学施肥。由于月季根癌病的致病力较低,强壮的植株有助于增强对病原菌的抵抗力。所以增施有机肥,并在保证氮肥的基础上,增施钙、磷、钾肥,培养健壮的植株,就能提高植株对根癌病的抵抗能力。

2.及时销毁病株。病原菌在寄主肿瘤组织表面存活,在组织残体上也可存活 1 年以上,为防止进一步扩大传染,应及时除去病株,并集中烧毁,对防治此病也有积极作用。

3.药剂防治。苗木栽植前用 1%的硫酸铜液浸 5 分钟消毒后,用清水冲洗;发病植株,及时切去肿瘤,除去用药剂浸泡处理外,还可在伤口处涂抹波尔多液及甲醇混合液。

六、兰花炭疽病。

此病害在叶片,有时会侵染茎到果实。叶片上产生圆形、椭圆形或不规则形的病斑,中央灰白色,边缘深褐或暗褐色,后期病部出现黑色小点,严重时导致叶片枯黄。

兰花炭疽病病原为炭疽菌,病菌在病叶、病叶残体及枯萎的叶茎苞片上越冬,借风雨和昆虫进行传播,几乎全年发病,其中以夏秋多雨季节发病最为严重。高温闷热、通风不良、盆内积水时发病较重。防治措施主要有:

1.清除传播源。及时清除病叶及其残体,彻底烧毁,防治病虫害继续传播。

2.加强栽培管理。室内通风降湿,室外要防风避雨;浇水时要沿花盆边缘慢慢地浇灌,不可当头喷浇;花盆放置不要过密,保持一定的距离。

3.药剂防治。发病前用 1%波尔多液、65%的代森锌可湿性粉剂 600～800 倍液,每隔 10 天左右喷 1 次;发病后 75%甲基托布津 1000 倍液喷洒防治。与其相类似的病害有梅花炭疽病、白兰炭疽病、鸡冠花炭疽病等。

／为你支招:讲了那么多花卉病虫害防治的方法,也许你一时还无法掌握,那么,就学一学最基本的病虫害防治方法吧,主要有以下几点:／

1.保持花卉栽培地的环境卫生、可减少危害。

2.保护植株,不要破皮、受损伤,谨防病菌侵入。

3.加强日常管理,保持水肥适当,通风,温度适宜,采光适量,使植株生长更加健壮,控制病虫害滋生、蔓延。

4.室外越冬的花卉,在落叶后应喷或涂石硫合剂,早春和花芽发芽前喷1～3次波尔多液,以防止病虫害。

附录

送花礼仪知多少

❋ / 花意花语 ❋

　　每种花都有特定的花语,送上一束适合她(他),能打动芳心或传情达意的花! 一束花让你不用开口,就能轻松地传达你的亲情、爱情、关怀、致意与祝福!

　　玫瑰的花语——纯洁的爱、美丽的爱情、美好常在。

　　红玫瑰——热恋、热情、热爱着你。

　　粉玫瑰——初恋、求爱、爱心与特别的关怀。

　　黄玫瑰——高贵、美丽或道歉。

　　橙玫瑰——富有青春气息、初恋的心情。

　　绿玫瑰——纯真简朴、青春长驻。

　　白玫瑰——天真、纯洁。

　　郁金香——爱的告白、真挚情感。

　　红郁金香——正式求爱的心声。

　　紫郁金香——永不磨灭的爱情、最爱。

　　黄郁金香——高贵、珍重、道歉。

　　粉郁金香——美人、热爱。

　　白郁金香——纯洁的友谊。

　　康乃馨——伟大、神圣、慈祥、温馨的母爱。

　　红康乃馨——热烈的爱、祝母亲健康长寿。

　　黄康乃馨——对母亲的感谢之恩。

　　粉康乃馨——祝母亲永远美丽、年青。

白康乃馨——真情、纯洁，对母亲的怀念。

百合——百年和好、事业顺利、祝福。

白百合——纯情、纯洁。

黄百合——高贵、荣誉、胜利。

火百合——热烈的爱。

香水百合——富贵、婚礼的祝福。

红掌——大展宏图、红运当头、心心相印。

白掌——一帆风顺。

菊花——清静、高洁、长寿。

翠菊——追慕、远虑。

勿忘我——永恒的爱、浓情厚谊。

凤仙子——喜悦、爱意、浓情蜜意。

鸢尾——好消息的使者、想念你。

马蹄莲——博爱、圣洁虔诚。

非洲菊——神秘、兴奋、有毅力。

水仙——高雅、清逸、芬芳脱俗。

杜鹃——艳美华丽、生意兴隆。

天堂鸟——热恋中的情侣。

牡丹——富贵吉祥、繁荣昌盛。

蝴蝶兰——我爱你。

仙客来——天真无邪、迎宾。

茉莉——朴素自然、清静纯洁。

迎春花——生命力强、清高孤寂。

梅花——高风亮节、独立创新。

富贵菊——富贵荣华、繁茂兴盛。

荷包花——荷包鼓胀、财源滚滚。

万年青——健康长寿,青春活泼。

一串红——喜气洋洋、满堂吉庆。

桂花——和平、友好、吉祥。

熏衣草——等待爱情。

栀子花——永恒的爱、一生的守候、我们的爱。

桔梗——真诚不变的爱。

星辰花——永不变心。

牵牛花——爱情永固。

红豆——相思。

❋ 2 开运祈福植物 ❋

植物的光合作用,为人们提供新鲜空气,减少辐射,调节气氛,使生活和工作环境充满生机。植物还能表达美好的祝福,通过花草传情,增进彼此之间的感情,以下就为常见的表达祝福的花卉。

一、五代果。

花语和象征意义:老少安康,金银无缺。

五代果果形奇特,色彩鲜艳,是一种珍贵的观果植物,在切花和盆栽花卉上应用广泛。若以五代果、兜兰为主材,配以红端木枝、苏铁叶,进行瓶插,显得端庄典雅;如用五代果与红小菊为主花,配上蕨叶、蒲草,呈现自然、和谐和希望。

二、幸福树。

花语和象征意义：象征幸福、平安。

幸福树形态优美，叶片小而翠绿，树影婆娑，是珍贵的室内观赏植物。您可以将心愿写成卡片，挂在树上。人们想信它可以带来幸福，很多的人们都喜欢把它摆在家门前。幸福树的每一根枝条，都是三片叶子紧靠在一起的，只要这根枝条长了三片叶子，就不会再长出第四片，每一片叶子都不孤单，它们都是三片三片的在一起，不寂寞，象征着幸福。

三、白掌。

花语和象征意义：一帆风顺、万事如意。

白掌由于叶片与竹芋相似，花儿酷似鹤翘首，亭亭玉立，洁白无瑕，所以给人以"纯洁平静、祥和安泰"的美感，被称为"清白之花"。民间因觉得白掌有一种吉祥的寓意，特按其花的形象美其名"一帆风顺"。白掌花叶兼美，轻盈多姿，生长旺盛，又耐阴。白掌还是抑制人体呼出的废气如氨气和丙酮的能手。同时它也可以过滤空气中的苯、甲醛、三氯乙烯。它的高蒸发速度可防止鼻黏膜干燥，常用于室内绿化美化装饰。

四、熊掌花。

花语和象征意义：繁荣昌盛。

熊掌花原产在英国，是深受园艺家珍视的冬季花。熊掌花是被选来祭祀五世纪的叙利亚殉道者——圣西美翁的花朵。熊掌花把种子藏在身体里，直到冬眠的季节才繁殖，所以熊掌花的花语是"繁荣"。传说受到这种花祝福的女人，充满母性。婚后子女孝顺，家庭幸福。

3 四季佳节送花礼仪

喜庆的节日，当然少不了鲜花这个主角。美丽的鲜花，不仅给节日增添了不少浓浓的喜庆气氛，也让人们的心情愉快不少。

一、元旦（公历一月一日）。

每年的一月一日，是新年的开始。在这个喜庆的日子里，应该用色彩艳丽的花卉装点居室，或馈赠亲朋好友。通常用满天星、香石竹等花卉增添欢乐吉祥的气氛；也可用蛇鞭菊、玫瑰、菊花及火鹤等花卉来表达万事如意，好运常伴的寓意；此外还可用金鱼草来表达红运当头，喜庆有余的气氛。

二、春节（农历正月初一）。

春节是我国民间传统的盛大节庆，俗话说"过年要想发，客厅摆盆花"，此时也是扩展人际关系的最佳时机，客户、同事、上司、亲朋好友等，都可把花当作馈赠的礼物，以花传达情意，增进感情。此时选赠以贺新年、庆吉祥、添富贵的盆栽植物为佳，如四季橘、秋海棠、红梅、水仙、牡丹、桂花、杜鹃花、报春花、状元红、发财树、仙客来及各种兰花类、观叶植物组合盆栽等，再装饰一些鲜艳别致的缎带、贺卡等，增添欢乐吉祥的气氛。

三、元宵节（农历正月十五）。

每年的农历正月十五是我国的元宵灯节，火树银花，喜庆祥和。选赠火鹤、炮仗花来表达红火，吉祥，充满喜庆、祥和与希望的气氛是最合适不过的了。

四、妇女节（公历三月八日）。

每年的三月八日是国际妇女节。在这个女性的节日里，选赠鲜花有兰花、满天星、康乃馨、百合及银莲花等，代表女性优雅、高贵的气质，传达温馨浪漫的气氛。

五、清明节（公历四月五日）。

四月五日是我国的传统节日清明节，在这一天，人们会以扫墓、祭祖等活动来表达对死者的思念及哀悼。通常造一些素洁的花朵表达哀思之意。可送的花卉有松柏枝条、三色堇、菊花等。

六、母亲节（五月第二个星期日）。

每年 5 月的第二个星期日是母亲节，母亲节通常以大朵粉色康乃馨作为节日的用花。它象征慈祥、真挚，母爱。因此，有"母亲之花"、"神圣之花"的美誉。

不同颜色的康乃馨表示不同的含义，红色康乃馨祝愿母亲健康长寿；黄色康乃馨代表对母亲的感激之情；粉色康乃馨祈祝母亲永远美丽；白色康乃馨是寄托对已故母亲的哀悼思念之情。除了康乃馨之外，还可以送萱草（金针花），它的花语是"隐藏的爱，忘忧"，其意非常贴切地比喻伟大的母爱，送给母亲，也很相宜。

七、端午节（农历五月初五）。

每年的五月初五是纪念伟大的爱国主义诗人屈原的日子，在这一天，人们用包粽子、赛龙舟等多种形式纪念他。通常也会把茉莉花、银莲花、蓬莱松、鹤望兰、唐菖蒲、菊花等花扔进江中，来追怀爱国诗人屈原。这些花的花语是：唐菖蒲——叶形似剑可以避邪；茉莉花——清净纯洁，朴素自然；鹤望兰——自由，幸福；银莲花——吉祥如意。

八、儿童节（公历六月一日）。

六月一日是国际儿童节，在儿童节，一般用多头的小石竹花作为儿童节礼物，常挑选浅粉色和淡黄色的花朵，以体现儿童的稚嫩和天真烂漫的特点。另外，可选送的花卉还有金鱼草、非洲菊、火鹤花、满天星、飞燕草和玫瑰等，代表快乐、无忧无虑的童年。

九、父亲节（六月第三周星期日）

六月的第三周星期日是父亲节，为了表达对父亲的爱，在这一天不妨用鲜花来表达一下孝心，通常以送秋石斛为主，秋石斛具有刚毅之美，花语是

"父爱、喜悦、能力、欢迎",被称为"父亲之花"。另外菊花、君子兰、文心兰、向日葵、百合等也是不错的选择,其花语均有象征"尊敬父亲"、"平凡也伟大"的意义。如果是一位年纪较大的老人,最好送以代表健康、长寿的观叶植物或小品盆栽,如梅、枫、柏、人参榕、万年青等。

十、中秋节（农历八月十五）。

中秋节是我国传统的三大民间节日之一,"每逢佳节倍思亲",人们习惯用月饼、礼盒来馈赠亲友、联络感情;但近年,有许多人改用"花卉"当赠礼,已成为时尚。通常用兰花来表达思念之情。大多以兰花为主,各种观叶植物为次,兰花可用花篮、古瓷或组合盆栽,花期长,姿色高贵典雅,非常受欢迎。

十一、重阳节（农历九月初九）。

九九重阳登高望远,饮酒赏菊,抚今追昔。重阳节也是全家团聚的日子。此时,常菊花、非洲菊来做为走亲访友的礼物。菊花象征高洁、长寿,非洲菊代表吉祥如意,追求丰富多彩的生活。

十二、教师节（公历九月十日）。

每年的九月十日是教师节,通常用木兰花、月桂树、蔷薇花来表达对师恩的感激之情。木兰花代表灵魂高尚;蔷薇花冠代表美德;月桂树环代表功劳、荣誉。

十三、圣诞节（公历十二月二十五日）。

12月25日是西方的圣诞节,在这个节日里,通常以一品红作为圣诞花,一品红花色有红、粉、白色,状似星星,好像下凡的天使,含有祝福之意。

4 访友交往送花礼仪

朋友之间往来,以花寄托思念与关爱已经成为一种时尚,不过给朋友送花也要注意场合,不同的花卉代表不同的情感,送花要送得恰到好处。

一、祝福朋友早日找到理想的伴侣。

祝福好友找到梦中情人应送结香花。结香花又叫金腰袋、喜花、打结花、梦冬花,结香花不太引人注目,黄色的筒状花聚成球状的花,并且枝端部一定成为三支分权,花朵散发芳香。

由于此花在未开之前,所有花蕾都是低垂着的,像是在梦中一样,人们据此称其为"梦树"。还有一种说法是,民间传说清晨梦醒后,在结香花树上打花结会有意外之喜;若是晚上做了美梦,早晨的花结可以让你美梦成真;若是晚上做了噩梦,早晨的花结可以帮你解厄脱难,一帆风顺。所以就称之为"梦树"。它的花自然就是"梦花"。如果你的好朋友一直单身,可以考虑送结香花,祝福好友能找到合适的另一半。

二、表达对朋友的思念。

寄托对朋友的思念应该送红豆,红豆较耐寒,木材坚硬细致,纹理美丽,有光泽。种子鲜红亮丽,收藏多年色彩如初,常用来赠送亲友,来寄托怀念之情,自古以来都把红豆作为相思的象征之物。

唐代诗人王维在《相思》一诗中写道:"红豆生南国,春来发几枝。愿君多采撷,此物最相思。"所以,红豆又被称为"相思子",自古以来便被当作爱情的信物。此外,红豆又被人们当作"吉祥压邪"之物。人们将殷红似火、光鉴玲珑的红豆,嵌在戒指、项链等贵重饰物上随身佩戴,祈求幸福。在今天,红豆不仅仅被当作爱情的信物,许多人还借红豆寄托对祖国、对故乡和亲朋的眷念之情。用此花卉送给亲密的朋友非常合适。

三、送男性朋友的花。

送男性朋友的花以红柳为宜,此花象征军人的伟大和顽强。在格尔木的沙丘上,8月份盛开着粉红色花儿,正是红柳。不管狂风肆虐,还是飞沙走石,那沙丘上的红柳依然"我行我素",茁壮成长。

此花最能表达出男性的性格——刚毅、顽强以及不畏困难的精神。在朋友失意的时候,可以送此花,祝福朋友克服困难,勇往直前。

四、离别送的花。

朋友要远行,一时难以再相聚,可以送海棠花和芭蕉。海棠花姿潇洒,花开似锦,自古以来是雅俗共赏的名花,素有"花贵妃"、"花中神仙"、"花尊贵"之称,在皇家园林中常与玉兰、牡丹、桂花相配植,形成"玉棠富贵"的意境。海棠花有象征游子思乡,表达离愁别绪的含意。又因为其妩媚动人,雨后清香犹存,花艳难以描绘,用来比喻美人。

5 情人节送花礼仪

每年 2 月 14 日情人节,情人会选择红艳欲滴的玫瑰,表达浓烈的感情。情人节送玫瑰,该选什么颜色的、送几枝呢?这都是非常讲究的。

根据西方送花的说法,玫瑰代表男方对女方的情感,如:红色代表热情,因此送红玫瑰,代表男女双方的关系已经十分密切;白色代表纯洁;粉红是温馨;紫色是浪漫;黄色虽然是分手的颜色,但也代表细心与关怀。

情人节以送红玫瑰的最多,给情人送玫瑰以几枝为宜?当然是越多越好,不过也不必完全追求数量,能做到精致就好。将一支半开的红玫瑰衬上一片漂亮的绿叶,然后装在一个透明的单支花的胶袋中,在花柄的下半部用彩带系上一个漂亮的蝴蝶结,形成一个精美秀丽的小型花束。除了玫瑰之外,人们还可以用其他花来表达对爱人、情人的感情,如:代表单恋、苦恋、单相思的花卉为秋海棠,秋海棠是著名的观赏花卉,花色艳丽,花形多姿,叶色娇嫩柔媚、苍翠欲滴。

关于秋海棠有这样一个传说：古代有一妇女怀念自己心上人，但总不能见面，常在一墙下哭泣，眼泪滴入土中，在洒泪之处长出一植株，花姿妖媚动人，花色像妇人的脸，叶子正面绿、背面红，秋天开花，名曰："断肠草。"所以，秋海棠代表单恋、苦恋、单相思。此外，还可以送给苦苦暗恋的人雏菊。

6 生日送花礼仪

祝福同辈生日：可选石榴花、红月季、象牙花等，含有青春永驻，前程似锦的祝愿。

祝贺中年亲友生日：可送石榴花、水仙花、百合花等。

祝福年轻朋友生日：可送一束月季、象牙红、石榴花，示意前程似锦，年华火红。

祝福长辈生辰寿日时：可送长寿花、百合、千日莲、万年青、龟背竹、报春花、吉祥草等等，以祝贺老人健康长寿。

7 结婚送花礼仪

结婚日是人生中重要的日子，如何向他人表达自己的祝福呢？

一、并蒂莲。

象征夫妻恩爱、永结同心。在中国民间文化中，并蒂莲象征着幸福祥和。并蒂莲盛开的几率仅有十万分之一，是难得一见的佳品。

二、合欢花。

象征夫妻永远恩爱、两两相对、夫妻好合。古时有个习俗，夫妻遇到矛盾发生争吵，重归于好后，便共饮合欢花泡的茶，喻其团圆。

三、百合花。

百合的种头由鳞片抱合而成,取"百年好合""百事合意"之意,中国自古视为婚礼必不可少的吉祥花卉。不同的百合寓意不同。

香水百合花代表纯洁、婚礼的祝福、高贵;

白色百合花代表纯洁、庄严、心心相印;

狐尾百合代表尊贵、欣欣向荣、杰出;

玉米百合代表执著的爱、勇敢;

葵百合代表胜利、荣誉、富贵;

姬百合代表财富、荣誉、清纯、高雅。

8 探访病人送花礼仪

送病人花卉是非常有讲究的,否则就会适得其反,甚至影响到病人的康复。因为鲜花有几大害处:

首先,鲜花容易引起过敏。

据专家介绍,对鲜花过敏者并非少数,其中对花粉过敏的人更多。花粉容易引发病人过敏性鼻炎、皮肤荨麻疹等不良反应。据研究发现,至少有200多种花粉,进入呼吸道后,容易诱发人体出现异常变化。

其次,鲜花易与病人争夺氧气。

一些花卉植物在夜间需要消耗大量的氧气,这就和有些病人,特别是心血管疾病、呼吸道疾病的病人争夺室内氧气,对病人的康复是非常不利的。

最后,给病人带来健康隐患。

花瓶里的水及花朵分泌的花粉都是滋养和传播病菌的温床,这给无菌环境的病人带来了健康隐患,对内科、儿科、耳鼻喉科的患者及刚做完手术的病人也非常不利。

那么,给病人送花要注意些什么呢?

从花的角度来说,只要不是黄菊、白菊就可以,最好紫色的也不要。花材上可以选用非洲菊、剑兰、玫瑰、康乃馨、百合等。颜色的搭配应以红色和粉色为主,感觉较温馨热烈。但最好不要送香气很重的花,因为一般医院里会有一些医药的味道,和鲜花的香味混合起来,会比较难闻,容易引起病人的反感。如果在鲜花中有百合,花粉一定要摘掉,以免引起过敏反应。

如果是花束,颜色应选择相近的花材,比如说红色或是粉色,这样的感觉比较统一,不会有杂乱的感觉。另外百合和康乃馨是不适合一起的,百合需要的水多,而康乃馨只需要很少的水。花束的花材种类不要太多,普通的圆形花束最多用3种花材就够了,再多了就会有"杂"的感觉。花篮则可以选择相对多的花材和色彩,再配以适当的造型设计,就会有万紫千红的感觉。

依据病房的大小来送花,如果是单人病房则可以选择大些的样式,病房小的话则可选择小小的花束或是艺术插花。如果是花束,就应该在花束的下面插上一块花泉,这样既有蓄水的作用,又可以让花束稳稳地立在桌子上,省去没有花瓶所带来的尴尬。

特别提醒:探望病人时不要送整盆的花,以免病人误会为久病成根;山茶花容易落蕾,被认为不吉利;看望病人适合送素净淡雅的马蹄莲、素色苍兰、剑兰、康乃馨表示问候,并祝愿早日康复;或选用病人平时喜欢的品种,有利病人怡情养性,早日康复!